KB062342

로크미디어가
유혹하는
재미있는 세상

ROK
MEDIA
로크미디어

예지몽으로 히든랭커 26

2023년 1월 18일 초판 1쇄 인쇄
2023년 1월 26일 초판 1쇄 발행

지은이 이현비
발행인 강준규

기획 이기헌 왕소현 박경무 강민구 조익현
책임편집 백승미
마케팅지원 이원선

발행처 (주)로크미디어
출판등록 2003년 3월 24일
주소 서울시 마포구 마포대로 45 일진빌딩 6층
Tel (02)3273-5135 **Fax** (02)3273-5134
홈페이지 rokmedia.com **E-mail** rokmedia@empas.com

ⓒ 이현비, 2021

값 9,000원

ISBN 979-11-354-7926-7 (26권)
ISBN 979-11-354-9382-9 04810 (세트)

예지몽으로
히든랭커

이현비 게임 판타지 장편소설 26

CONTENTS

별동대 합류

도서관으로 향하는 길.

실버 패를 가졌기에 내성으로 들어가는 건 문제가 되지 않았다.

그나저나 가리엘은 너무 바쁜 모양이다. 그가 근무한다는 시청의 경비에게 소식을 전했더니 얼마 후에 도서관 출입증만 보낸 것이다.

물론 전언도 있었다.

"가리엘 경께서는 사냥 대회에서 돌발적으로 발생한 문제로 인해서 짬을 내기 어려우니 일단 도서관에서 책을 보면서 기다려 달라고 하셨습니다."

"알았소."

근무하는 곳까지 방문했음에도 얼굴도 내밀지 않았지만 가온은 전혀 불쾌하지 않았다. 그의 사정이야 용병 길드의 로랑 지부장을 통해서 충분히 알 수 있었기 때문이다.

사냥감이었던 웨어울프와 회색 늑대 들이 생각했던 것보다 훨씬 더 많았고 영악한 놈들이 오히려 인간들을 함정에 빠뜨리고 공격을 감행하거나 포위를 하는 등 상황이 심각해진 상태다.

거기에 생각지도 않았던 트롤과 오우거가 출현했다는 소식이 이곳까지 알려졌는지 외성은 물론 내성의 분위기도 무겁게 가라앉아 있었다.

트롤도 그렇지만 오우거는 마법진과 방어 무기 들이 거치된 거대한 성벽을 넘기는 힘들었지만 지금처럼 웨어울프와 회색 늑대 들을 토벌하기 위해서 실력 있는 용병과 전사 들이 대거 빠져나간 상황이라면 위험할 수밖에 없었다.

하지만 그런 분위기는 가온과 아무 상관이 없었다.

경비에게 물어서 찾아간 시티 도서관의 규모는 상당했다. 3층이었지만 한 층이 굉장히 넓었다.

'이곳에도 신분이 적용될 줄이야.'

아쉽게도 가리엘 전사장의 보증과 추천이 있었음에도 가온은 1층만 출입할 수 있었다. 물론 책의 대여는 허용되지 않았고.

2층은 아카데미 학생들을 포함한 귀족 가문의 일원들까지 출입할 수 있었고, 마지막 3층은 시장 일가와 시장이 허가한 사람만 들어갈 수 있었다.

'그래도 관련 책들은 꽤 많은 것 같지만.'

차원 융합이 아니라 던전과 관련된 책들이 서가 다섯 개를 차지하고 있었다.

책 한 권을 꺼내 든 가온은 두께와 무게에 내심 놀랐다. 일일이 손으로 만드는 만큼 종이가 귀했지만 낱장이 두꺼워서 책 한 권이 지구의 일반 책 다섯 권 두께는 되었다.

일단 책장을 열어 보니 생경한 문자가 눈에 들어왔다.

막 실망하려는 순간 문자가 변하면서 한글로 변환되기 시작했다.

'역시 시스템이 최고네!'

본신이 아니라 분신이었음에도 차원용병에게 적용되는 특전이었다.

'자, 시작해 볼까.'

사람 하나 없어 적막한 도서관의 넓은 테이블에 앉은 가온은 바로 열독에 들어갔다.

도서관을 드나들다 보니 벌써 사흘이 지났다. 그동안 가온은 도서관이 열려 있는 시간 동안 정독을 하면서 차원 융합과 관련이 있는 책들을 빠르게 독파했다.

아무리 책이 두껍다고 해도 서가 다섯 개를 채울 분량이라서 숫자는 꽤 많았지만 중복되는 내용이 많아서 가능한 일이었다.

노을이 색유리로 채워진 창을 통해 실내로 들어오는 시간, 가온은 1층 서가에 있던 마지막 책을 탁자에 내려놓았다.

'아이테르 차원의 던전과 마수 그리고 몬스터에 대한 지식은 확실하게 습득했지만 원하는 내용은 없었어.'

도서관이 소장하고 있는 책들은 제국이나 왕국이 존재하던 시절부터 최근까지 시대별로 정리가 되어 있었다.

차원 융합에 대해서 거론한 책들도 있었지만 추상적인 주장들만 있었을 뿐이다.

어떤 책도 차원 융합 현상의 이유나 그 현상을 막는 방법에 대해서 명확하게 설명하지 못했다.

'2층이나 3층에서도 원하는 것을 얻지 못할 가능성이 아주 높아.'

책 뒤에는 저자에 대한 소개와 더불어 참고한 문헌이 표시되어 있었는데 숫자가 꽤 많았다.

그럼에도 불구하고 차원 융합에 대한 내용은 수박 겉핥기에 그친 것을 보면 해당 주제를 심오한 수준까지 다룬 책은 없는 것 같았다.

대신 던전을 다룬 책들은 엄청나게 많았다. 이 세상에는 그만큼 많은 던전이 있었다.

'어느 순간부터 던전과 관련된 책들이 확 줄어든 것을 보

면 던전을 공략하려는 시도가 크게 감소했어.'

아마 그 시대가 국가 단위에서 시티 단위로 변할 때인 것 같았다.

'수많은 던전이 방치되다 보니 자연스럽게 던전 브레이크가 빈번하게 발생했고 그 일로 인해서 그 당시의 제국과 왕국 들이 멸망한 거야. 살아남은 인간들은 생존을 위해서 이리저리 흩어졌다가 마침 등장한 영인들의 도움으로 거대한 성벽을 세우고 시티 단위로 살아가게 된 거지.'

아마 가온의 추측이 틀림없을 것이다.

아무튼 차원 융합에 대한 내용을 별로 찾을 수 없었기에 이젠 크뤼포가 말한 상급 아카데미의 교장, 즉 알펜 마탑의 전대 탑주와의 독대를 기대할 수밖에 없었다.

실망은 컸지만 어쩔 수 없었다.

그렇다고 얻은 것이 아예 없는 건 아니었다. 아이테르 차원에서 발견된 던전과 그 안에 서식하는 마수와 몬스터에 대해서 아주 상세하게 알게 된 것이다.

'생각보다 마족 던전이 많았지.'

가온이 보유한 스킬 중에서 가장 강력한 것에 해당하는 선와술은 영력을 사용한다. 그리고 다른 에너지와 달리 영력은 영약이나 연공으로는 쉽게 올릴 수 없어 마족을 사냥해야만 했다.

하지만 마족은 그때까지 사람들이 상대했던 마수와 몬스

터와는 차원이 달랐다. 때문에 수많은 공략대가 막대한 피해를 입고 공략을 포기해야만 했다.

그런 던전들은 공략이 불가능한 등급으로 지정되었고 지금까지도 미공략 상태로 남아 있었다.

'어쩌면 마족 던전으로 인해서 이곳의 사회 시스템이 국가에서 시티 단위로 하락했는지도 모르겠네.'

아무리 던전 브레이크가 발생했다고 해도 국가 시스템이 그렇게 허망하게 무너질 리 없었다. 국가 단위의 무력으로 막아 낼 수 없는 위험한 존재들이 횡행했다는 간접적인 증거였고 그 존재는 마족밖에 없었다.

'아무튼 마족이 보스인 미공략 던전들은 나에게는 영혼 복제로 인해서 크게 감소한 영력을 보충할 수 있는 기회의 장소야! 일단 마탑의 전대 탑주까지만 만나고 얻는 것이 없으면 아틀라스와 함께 마족 던전들을 공략하자.'

시간은 많이 걸리겠지만 정보를 얻기 전에는 할 수 있는 유일한 일이었다.

마침내 도서관에서 볼일을 다 본 가온은 여전히 무거운 분위기를 벗어나지 못한 내성을 나온 여관으로 돌아가지 않고 용병 길드로 향했다.

'사냥 대회는 어떻게 되어 가지?'

아침 일찍부터 밤늦게까지 도서관에서 시간을 보내고 여

관으로 돌아오기가 무섭게 아니테라로 건너가서 시간을 보냈기에 세상에 돌아가는 사정을 전혀 알지 못했다. 사실 관심도 없고.

다만 상황이 좋지 않다는 사실은 충분히 짐작할 수 있었다. 외성도 내성처럼 무거운 분위기였기 때문이다.

"온 님, 어서 오세요!"

미셸이 먼저 그를 반겨 주었는데 로랑의 모습은 보이지 않았다.

보통 해가 질 무렵에 문을 닫는 용병 길드였지만 오늘은 불을 환하게 밝히고 있었다. 아니, 오늘만 그런 것이 아니라 사냥 대회가 열리는 동안에는 밤늦게까지 연다고 했었다.

"잘 지냈죠?"

"저야, 뭐. 그런데 바깥 상황이 좋지 않아서……."

"어떻게 좋지 않습니까?"

"처음 예상한 것보다 웨어울프는 물론이고 회색 늑대의 숫자가 열 배 이상으로 급증하는 바람에 사냥을 하려다가 반격에 당하는 경우도 많고, 심지어 놈들에게 포위되어 안전한 곳에 집결해서 놈들의 공격을 막아 내는 경우가 많아요. 그 과정에서 수백 명이 죽거나 심하게 다쳤다고 해요."

"저런! 그럼 성으로 후퇴를 해야 하는 거 아닙니까?"

"그것도 쉽지 않아요. 사냥대회에 참가한 용병과 전사 들도 무리를 이루기는 했지만, 대부분 시티에서 말로 이삼일

거리까지 진출한 상태거든요. 행여 돌아오다가 대형화된 놈들의 기습이라도 받는다면 피해가 기하급수적으로 늘어날 우려가 있어요."

"그럼 어떻게?"

"아직 흩어져 있는 이들은 빨리 모여서 안전한 곳으로 이동한 후에 이미 방어진을 편 팀들처럼 시티의 추가 지원을 기다리는 것이 최선이에요. 시티의 최상급 전사장 중 한 명인 보웰 경이 100명 규모의 전사대를 이끌고 나가기로 했고 아카데미 측도 움직일 거라고 해요. 지부장님도 남은 실버급 이상을 모두 소집해서 구출 작전에 참여하기로 했어요."

그래서 로랑이 자리를 비운 모양이다.

"언제요?"

"내일 당장 움직일 거예요. 웨어울프를 사냥하는 것이 목적이 아니라 사람들을 무사히 복귀시키는 것이기에 부상자를 위한 마차들도 함께 나갈 거고요."

상황이 무척 좋지 않았다.

'아무래도 나 또한 움직여야겠네.'

사냥하는 것이 목적이라면 몰라도 웨어울프들의 공격에 직면한 생존자들을 무사히 귀환시키는 것이라면 어쩔 수 없었다.

"안 그래도 사람을 보내려고 했는데 잘 오셨어요. 일단 저것부터 챙기세요."

미셀이 가리킨 것은 상자들로 로랑 지부장의 탁자 위에 쌓여 있었다.

　한 상자의 안을 확인해 보니 금화가 수북하게 쌓여 있었다. 상자의 개수로 보아 족히 수십만 개는 될 것 같았다.

　"34만 골드와 다양한 등급의 마나석이에요."

　금화야 별 느낌이 없었지만 마나석은 무척 반가웠다.

　"잘 받았습니다."

　가온은 바로 상자들을 아공간에 챙겨 넣었는데 미셀도 그가 아공간 아이템을 가지고 있다는 사실을 알고 있는지 신기해할 뿐 놀라는 것 같지는 않았다.

　"그리고 지부장님이 할 말이 있다고 좀 기다리라고 하셨어요."

　무슨 용건인지는 안 들어도 알 수 있었지만 일단 기다리기로 했다.

　로랑이 지부에 도착한 것은 1시간 정도가 지난 후였다.

　"안 그래도 사람을 보내려고 했는데 잘 왔네."

　"상황이 악화되었다고 들었습니다."

　"그렇다네. 생각보다 사상자의 숫자가 많아. 특히 브론즈급 용병들의 피해가 심각하네. 제기랄!"

　그래서 용병 지부에서도 발 빠르게 움직이는 모양이다.

　"골치가 아프겠습니다."

"그래서 말인데 자네가 한 가지 의뢰를 맡아 주면 좋겠네."

"의뢰요?"

"시티에서 직접 내려온 의뢰네. 본디 시티의 전사장급이 수행해야 할 일인데 사냥대회와 구출 문제로 인해서 실력이 뛰어난 전사장이 부족한 모양이야."

"무슨 일입니까?"

"타이탄 라이더 세 명이 이끄는 별동대가 출동할 예정인데 타이탄의 정비 요원 세 명을 보호하는 임무네."

가온은 타이탄이라는 단어에 일단 눈을 빛냈다. 진짜 타이탄을 볼 수 있을 거란 생각이 든 것이다.

"타이탄이 고장 나거나 파손이 되었을 때 수리할 수 있는 정비 요원은 아주 중요하네. 알펜 시티에도 정비 요원은 채 열 명이 되지 않아서 보통은 전사장급이 직접 호위를 하지."

그런데 전사장들이 거의 다 차출이 된 상태이기 때문에 인력이 부족해져 용병의 손을 빌리려는 것이다.

"다른 용병들도 있는데 왜 접니까?"

"그게 사실 용병은 급수가 높을수록 전사들과 사이가 좋지 않네. 상대 역시 마찬가지고. 그래서 아직 잘 알려지지 않았고 가리엘 전사장과 나름 교분이 있는 자네가 맡아 주었으면 하는 것이네."

로랑 지부장의 태도를 보니 전사장에 해당하는 실력자들

에게 찔러봤지만 다들 고사를 한 모양이다.

"보수는요?"

"하루에 100골드네. 비슷한 건에 비해서 두 배는 더 높아."

조금 전에 받은 보상 덕분에 돈은 별문제가 되지 않는다. 그래도 물어본 것은 터무니없이 낮은 보수로는 일을 맡을 생각이 없어서였다.

"좋습니다. 한번 해 보지요."

가온에게 이번 건은 타이탄이 기동하는 모습만 확인해도 충분한 의미가 있었다.

말을 탄 가온은 앞서 달려가는 40여 명의 전사들을 따라가고 있었다. 호위 대상들이 후미 쪽에 있었기 때문에 어쩔 수가 없었다.

알펜 시티에서 급히 마련한 구출대는 총 10개로 시티에서 내로라하는 강자들로 구성되었다. 혹시 모를 트롤을 상대하거나 기동력이 뛰어난 웨어울프들을 제어하려면 소수 정예가 낫다는 판단을 내린 것이다.

하지만 가온이 동행하고 있는 전사들은 구출대가 아니었다. 별동대로 따로 편성되었고 타이탄 라이더 세 명이 포함되어 있었다.

별동대장은 차석 전사장이라는 이페이였는데 그는 다른 전사들처럼 용병에 대해서 선입관이 있는지 처음부터 그를 본체만체했다.

대장이 그런 식이니 그 밑의 전사들은 당연히 가온을 아예 없는 사람 취급했다. 심지어 호위 대상인 세 정비 요원도 아는 척은커녕 무시하고 있었다.

'용병에 대한 대접이 너무 안 좋네. 확 다른 데로 가 버릴까?'

보수야 얼마 되지 않아서 위약금도 부담이 될 수준은 아니었지만 당분간 이곳을 무대로 활약을 하려면 어쩔 수 없이 참아야만 했다.

'그래, 참자. 나야 타이탄을 사용하는 모습을 보는 것이 목적이니까.'

로랑에게 들은 바에 따르면 알펜 시티의 차석 전사장인 이페이는 타이탄 라이더다. 그것도 베타급 타이탄의.

그러니 타이탄 라이더 중에서도 발군의 실력을 가지고 있을 것이다.

별동대원들은 계속해서 뒤따라오는 가온에게 신경을 쓰는 것 같았지만 당사자의 태도가 워낙 담담했고 아예 말을 섞으려고 하지 않는지 거리를 벌리고 있어서 그런지 특별한 행동은 하지 않았다.

출발한 후에야 들었는데 이페이가 이끄는 별동대는 웨어

울프가 이끄는 회색 늑대의 공격에 직면한 사냥 대회 참가자들의 구출이 아니다.

별동대의 목표는 후방에 출현한 오우거의 진로를 바꾸거나 멈추게 하는 임무였다.

'오우거를 타이탄으로 어떻게 상대하려나?'

별동대의 목표는 회색 늑대나 트롤을 쫓아 알펜 평원으로 진입하려는 오우거 무리를 쫓아내는 것이다.

배가 고프지 않은 이상 사냥을 하지 않는 마수들과 달리 오우거는 저장의 개념을 알고 실제로 행해서 아주 위험한 존재였다.

소화력도 아주 높아서 심하게 부패한 것이 아니라면 뭐든 소화를 시키기 때문에 한 번에 많은 생물을 사냥한 후 사체들을 뭉치고 압착을 해서 공처럼 만든 후 배가 고플 때마다 잘라 먹는 습성을 가지고 있었다.

특히 자신의 영역을 설정하면 그 안에 들어온 모든 생물체를 모조리 죽여 버리는 무자비하고 잔혹한 폭군이었다.

알펜 시티 측은 오우거가 알펜 평원에 자리를 잡는 것을 극도로 경계하고 있었다.

트롤 정도라면 몰라도 오우거들이 시티 가까이 자리를 잡은 상태에서 행여 몬스터 웨이브가 벌어지면 성을 제대로 보호하기가 힘들어지기 때문이다.

별동대는 중간에 웨어울프가 거느리는 회색 늑대 세 무리를 차례나 만났지만 엄청난 무력을 바탕으로 빠르게 격파하고 오우거가 발견되었다는 지역으로 내달렸다. 사냥이 목적이 아니라서 굳이 추격하지도 않았다.

'타이탄 라이더만 세 명이 포함되어 있어서 그런지 전력이 강력하네.'

물론 전력 외 인원들도 있었다. 타이탄이 고장 날 경우를 대비해서 현장에서 응급조치를 할 수 있는 세 명의 정비 요원들이 포함된 것이다.

셋 중 두 명은 타이탄의 기계적인 분야를 수리할 수 있는 능력자였고, 나머지 한 명은 마나 회로와 조종실의 마법진을 담당한다고 들었다.

가온이 받은 의뢰는 세 정비 요원을 호위하는 일이지만 별동대가 그의 존재를 받아들이지 않았기 때문에 그냥 후미에서 따라가기만 하는 것이다. 이페이는 가온을 그냥 전력 외로 취급한 것이다.

상황이 심상치 않았는지 아니면 이페이의 성정이 급해서인지는 알 수 없지만, 그의 팀은 점심까지 말 위에서 먹으면서 길을 재촉했고 잘 훈련된 전투마가 지쳐서 퍼지기 직전인 오후 3시 무렵에야 긴 휴식을 취했다.

가온은 네 그루의 나무가 만들어 낸 그늘 아래에서 휴식을 취하는 별동대와 조금 떨어진 곳에서 혼자 쉬고 있었다. 자신을 배척하는 무리에게 굳이 허리를 굽히고 들어갈 이유가 없었기에 할 수 있는 행동이었다.

그런 가온을 보면서 이페이와 별동대원들이 웃고 떠들고 있었지만 그는 관심이 전혀 없었다. 고대하던 소식을 들었기 때문이다.

'베타급 타이탄을 만들었다고?'

—네, 오빠! 고대에는 가장 보편적인 타이탄이 베타급이었어요. 동체에 미세마법진을 새겨서 방어력이 현저하게 높거든요. 그런데 외형만 베타급이고 출력은 감마급에 근접해요. 다만 도색은 현재의 기술로 구현할 수 있는 도료로 칠했어요.

그렇다면 타이탄의 수준은 고대가 현대보다 훨씬 더 높았다는 얘기다.

'출력이 얼마나 되는데?'

—대략 28룩스이고 라이더의 마나를 69%까지 사용할 수 있는데, 좀 더 개량을 하면 35룩스 출력에 마나도 75%까지 사용 가능하게 만들 수 있을 것 같아요. 바로 개량할까요?

'아니. 굳이 그럴 필요는 없어. 한 기를 만드는 데 그곳 시간으로 얼마나 걸리지?'

—이번 건 시제품이라서 오래 걸렸지만 호기심이 강한 모라이족 장인들이 자원한 덕분에 도색 과정을 포함한 생산 라인이 완성되었기 때문에, 이제부터는 10일 정도면 제작할 수

있어요. 조립하는 건 그리 어렵지 않은데 각 부품과 연결 부위에 미세마법진을 새겨야 하기 때문에 시간이 걸리네요.

아니테라에서 10일이라면 이곳에서는 8시간에 불과하니 하루에 세 기씩 생산할 수 있다는 얘기다.

'그럼 지금부터 그만하라고 할 때까지 최대한 많이 생산해. 부품은 부족하지 않겠어?'

−부품은 충분해요. 고대 유적이 타이탄 제조창이면서 동시에 수리창이기도 해서 규격화된 부품들이 종류당 수천 개에 달하니까요.

'잘됐네. 힘들겠지만 부탁해.'

−알름 원로에게 부탁해서 장인들을 모아 최대한 빨리, 많이 만들게요!

그때 대화가 끝나기를 기다리기라도 한 것처럼 정찰을 부탁했던 카오스가 의념을 보내왔다.

−트롤이 그쪽으로 가고 있어!

'몇 마리?'

−3마리야. 새끼도 곧 독립을 할 정도로 다 자랐어. 방향은 북서쪽이고 거리는 대략 800미터 정도야.

북서쪽이라면 드문드문 자라는 나무들이 넓게 숲을 이룬 곳으로 바람이 그쪽 방향으로 부는 것으로 보아 인간 특유의 체취를 맡은 것 같았다.

트롤은 최대 10킬로미터가 떨어진 곳에서도 특정한 냄

새를 맡을 수 있는 놀라운 후각을 가지고 있었는데, 성체 3 마리 정도라면 이페이 팀에서 문제없이 처리할 수 있을 것이다.

'하지만 그 전에 내 능력을 좀 드러내야지.'

마음을 정한 가온은 두런두런 대화를 나누며 휴식을 하는 별동대원들 쪽으로 걸어갔다.

"무슨 일인가?"

나이가 40대 후반에 익스퍼트 상급 실력자인 이페이는 차석 전사장 중 1순위로 수석 전사장으로 승진할 예정일 정도로 시티에서 인정받는 타이탄 라이더다.

그런데 비록 자신이 의도하기는 했지만, 이곳까지 오는 내내 겉돌았던 젊은 용병이 자신을 향해 똑바로 걸어오는 것이 좀 못마땅했다.

"트롤 3마리가 북서쪽에서 이곳으로 달려오고 있습니다."

"……벤!"

이페이는 자신의 감각을 최대로 열었지만 트롤의 움직임은 느낄 수 없었다. 그러자 그는 한 소리를 하려다가 방향과 거리까지 언급한 가온의 진지한 태도를 보고 마법사를 불렀다.

이페이와 비슷한 연배에 꼬장꼬장한 분위기를 풍기는 중년 마법사는 쉬다가 졸지에 불려 나온 것이 못마땅한 듯 가온을 매서운 눈으로 한번 쳐다보더니 북서쪽 방향을 바라보고 마법을 시전했다.

"서치!"

서치 마법을 사용한 마법사는 인상을 찌푸렸다. 아무것도 걸리는 것이 없었기 때문이다.

그가 얼굴을 일그러뜨리며 가온을 향해 막 입을 열려고 했을 때 이페이가 자리에서 벌떡 일어났다.

"트롤이다! 조엘, 판토스, 타이탄을 꺼내!"

비록 거리가 멀어서 서치 마법으로는 캐치할 수 없었지만 이페이는 마나로 확장한 감각을 통해서 방금 전에야 트롤이 달려오면서 만들고 있는 땅의 미세한 진동을 느낀 것이다.

이페이에게 불린 두 전사는 황급히 최상급으로 보이는 아공간 팔찌에서 타이탄을 꺼냈다. 키가 5미터에 이르는 알파급 타이탄이었다.

'역시 알파급이군.'

로랑에게 듣기로 이페이의 전용 타이탄은 베타급인데 아공간의 크기 때문에 전용 타이탄을 넣을 수가 없으니, 알파급으로 챙겨 온 것이리라.

세 전사는 재빨리 방어구를 벗더니 타이즈처럼 전신에 밀착되는 속옷 차림으로 타이탄의 배와 가슴에 걸쳐 있는 조종석 안으로 들어갔다.

우우웅!

라이더들이 타이탄에 탑승한 지 대략 1분 정도가 지났을 때 강한 진동파와 함께 누워 있던 타이탄이 천천히 일어나기 시작했다.

그러고는 가볍게 걷고 주먹질을 하는 등 예비 동작을 펼쳐 몸을 풀었다.

'상당히 투박하네.'

일전에 본 극소형에 비해서는 디자인이나 도색 상태 그리고 관절을 포함한 운동 능력이 우수했지만 가온의 눈에는 왠지 부족한 부분이 많은 것 같았다.

특히 동체를 이루고 있는 강판에는 아무런 마법진도 새겨져 있지 않아서 방어력이 낮아 보였다.

얼마 후 쿵쾅거리는 소리와 함께 트롤 3마리가 전방을 가리고 있었던 거목들 사이를 빠져나왔다.

"하아! 용병의 말이 사실이었군."

뒤로 빠진 사람들 중 누군가가 어느 순간 사라져 버린 가온을 찾는 듯 주위를 둘러보며 말했다.

"실력으로 치면 골드급 이상인데 경력이 짧아서 실버패를 받았다지?"

"마법보다 뛰어난 감각 능력이라니 가리엘 전사장이 입에 침이 마르도록 칭찬했다는 말이 헛소문이 아니었나 보네."

"폭발하는 화살을 주로 사용한다고 들었는데."

의도적으로 무시를 했을 뿐 가온에 대한 정보는 이미 알고 있었다. 전사들이 그렇게 두런거릴 때 마법사 벤은 쓴웃음을 지으며 주위를 돌아보았다.

'제기랄! 용병이 그렇게 뛰어난 감각을 가지고 있을 줄 누가 알았냐고! 그나저나 딱히 주위를 살펴보는 것 같지 않았는데 상급 전사인 이페이 경보다 더 빨리 트롤의 기척을 알아챘다면 실력도 더 높은 거 아닐까?'

벤이 그런 생각을 하며 놀란 눈으로 가온을 찾으려고 했을 때는 이미 타이탄들과 트롤들이 격돌했다.

가온은 근처에 있는 한 나무의 꼭대기에 올라가서 아래쪽에서 벌어지는 트롤과 타이탄의 전투를 지켜보았다.

확실히 다른 생물들처럼 아이테르 차원의 트롤은 엄청나게 컸다.

체고가 거의 7미터에 육박하고 털이 밀생했지만 잘 발달된 근육질의 몸에서는 폭발적인 힘이 느껴졌다.

'역시 타이탄이긴 하네. 트롤보다 작은 알파급이기는 하지만 트롤에 전혀 밀리지 않아.'

민첩성만 떨어질 뿐 근력이나 다른 부분은 타이탄이 더 우세했다.

거기에 타이탄 전용 검을 사용하고 있었기에 나무를 통째로 뽑아서 휘두르는 트롤에 비해 파괴력이 아주 강력했다.

'그래도 미흡한 부분이 많네.'

장갑이 두꺼워서 그런지 트롤이 마음먹고 내지르는 주먹

에 맞아도 살짝 뒤로 밀릴 정도로 방어력은 뛰어났지만 알파급이라서 그런지 타이탄의 움직임은 부자연스러워서 결정적인 부분에서 뚝뚝 끊기곤 했다.

그래도 세 명은 능숙하게 타이탄을 조종하면서 대검을 휘둘러 연신 트롤의 몸에 깊은 상처를 만들고 있었는데 워낙 재생력이 높다 보니 근육이 베이는 정도는 금방 재생이 되어서 결정적인 승기를 잡지 못했다.

'저럴 거면 차라리 검을 쓰지 말든가.'

차라리 무기 없이 격투를 해도 트롤을 압도할 수 있을 것 같은데 민첩성에서 밀리는 데다가 굳이 대검을 쓰다 보니 동작이 커져서 트롤을 빠르게 처치하지 못했다.

그래도 두꺼운 강판으로 뒤덮인 타이탄의 몸은 트롤이 휘두른 통나무와 주먹질의 충격을 능히 견딜 수 있었기에 트롤 역시 우위를 점하지 못했다.

트롤은 타이탄보다 높은 민첩성과 무지막지한 재생력을 바탕으로 거의 5분 정도 타이탄을 상대로 버텼지만 세 타이탄의 대검이 푸르게 빛나는 순간부터 열세에 빠졌다. 전사들이 본격적으로 마나를 사용하기 시작한 것이다.

검기까지는 아니지만 대검이 마나를 받아들여서 강화되자 트롤들은 밀리기 시작하더니 결국 달아나려고 하다가 순간적으로 폭발적인 속도를 낸 타이탄의 검세에 결국 목이 잘리는 신세가 되었다.

존재감 표출

'실망스럽네.'

자신이 거대화 스킬을 사용하면 트롤 성체는 1분도 안 되어 끝장을 냈을 것이다.

'이페이 전사의 실력이 익스퍼트 최상급이라고 했지.'

가온이 생각하기로 그 정도 실력이라면 굳이 타이탄을 탑승하지 않더라고 트롤 한 마리는 충분히 사냥할 수 있었다.

'대체 왜 트롤을 상대하는 데 타이탄을 사용하는 거야?'

가온의 생각으로는 트롤을 상대로 타이탄을 사용하는 것은 정말 비효율의 극치였다. 탑승구, 즉 해치를 열고 나오는 세 사람의 의기양양한 모습과 환호하는 나머지 전사들의 반응을 보면 더욱 실망스러웠다.

'저럴 거면 뭐 하러 상급 마정석을 몇 개씩이나 소모해 가면서 타이탄을 타는 거지?'

이해할 수가 없었다.

가온은 전사들이 호들갑을 떨면서 트롤의 부산물을 챙기는 동안 내내 나무 위에서 내려오지 않았다. 굳이 도울 필요도 없었고 그러고 싶은 생각도 없었다.

'알파급 타이탄의 위력이 저 정도라면 오우거에게는 박살이 날 것 같은데.'

물론 본격적으로 마나를 사용하면 달라지기는 할 테지만 이 정도의 움직임이나 파괴력으로는 오우거를 압도할 수가 없었다.

'에이! 다른 것이 더 있겠지.'

일단 나왔으니 더 지켜볼 필요가 있었다.

별동대가 다시 출발하자 가온이 슬그머니 다시 뒤에 따라붙었다.

선두에서 달리고 있던 이페이는 가온의 합류를 인지한 후 뭔가 할 말이 있는 얼굴이었지만 이내 앞을 바라보며 달리는 데 열중했다.

나머지 일행은 이전과는 조금 다른 얼굴로 뒤에 따라붙은 가온을 돌아보기는 했지만 그들 또한 행동에 큰 변화를 보이지는 않았다.

근처에 트롤이 머무르고 있어서 그런지 그 이후부터는 웨어울프를 비롯한 마수나 몬스터 무리를 만나지 못했다. 다들 멀리 도망을 친 것이다.

그렇게 해가 지기 직전까지 달린 별동대는 상인이나 용병들이 사용한 듯 흙벽으로 두른 공터가 나타나자 그곳에서 말을 멈추었다.

오우거가 모습을 보인 곳까지는 말을 타고 전력으로 이틀은 달려야 했기에 오늘은 이곳에서 쉬려는 것이다.

전사들과 타이탄 정비 요원들은 숙영지를 보수하고 음식을 준비하는 등 바빴지만, 가온은 멀찍이 떨어진 곳에 자리를 잡았다.

그쪽에서 자신을 부르지도 않았거니와 굳이 자신을 배척하는 이들과 함께 밤을 보내고 싶지 않았기 때문이다.

'좀 괘씸하지만 뭐 상관은 없지.'

그렇다고 아예 떨어져서 움직일 필요까지는 없으니 시야에 닿는 곳에 자리를 잡은 것이다.

밤낮의 기온 차이가 심한 곳도 아니고 음식을 조리할 생각도 없으니 굳이 불을 피울 필요도 없었다. 그냥 이렇게 쉬다가 어두워지면 아니테라로 넘어가서 벼리와 파넬이 만든 타이탄을 확인할 생각이다.

그런데 불청객이 있었다. 바로 이페이였다. 그가 멀찍이 혼자 자리를 잡은 가온을 향해 다가왔다.

"다른 시티 출신이라고 들었는데……."

"그렇습니다. 마르트 산맥 깊숙한 곳에 자리한 아니테라라는 작은 시티가 고향입니다."

귀찮았지만 상대가 물으니 대답을 해 주었다.

"감각이 굉장히 발달한 모양인데 내일부터 정찰을 맡아 주지 않겠나?"

출발한 이후 내내 본 척도 하지 않다가 태도가 바뀐 것은 결국 시킬 일이 있어서인 모양이다.

"그렇게 하지요."

정찰이야 자신의 안위 때문이라도 해야 하는 일이다.

"원래 그렇게 말이 없나?"

상대가 원하는 대답을 해 주었지만 이페이는 그걸로 만족할 수 없는 모양이다.

"그런 편이기도 하지만 어찌 되었든 한배를 탄 동료에게 아는 척도 안 하는 인간들과 굳이 대화할 필요는 없지 않겠습니까?"

"으음. 그 부분은 내가 사과하겠네. 원래 전사들끼리 움직이기로 했는데 갑자기 자네가 끼어들어서 다들 기분이 좀 상했네."

아무래도 용병 따위가 인맥을 이용해서 자신의 팀에 끼어들었다고 생각하는 모양이다.

"뭐 크게 개의치 않습니다. 상황이 어떻든 의뢰를 받았으니 할 일은 할 테니까요."

이페이는 시종일관 담담한 얼굴과 태도를 유지하고 있는 가온에게 새삼 흥미가 생긴 모양인지 질문을 더 했다.

"누구의 의뢰인가?"

그것조차 모를 줄이야, 정말 전격적으로 정해진 모양이다.

"시티 헌터국장의 의뢰입니다. 내용도 모르시는 것 같으니 말씀드리지요. 타이탄 정비 요원 세 명의 보호입니다."

"헌터국장께서 자네에게 직접 의뢰했단 말인가?"

주로 마수와 몬스터 토벌을 전담하고 있는 시티 헌터국장은 시티가 보유한 세 수석 전사장 중 한 명인 미겔 자작이다.

소드마스터로 알려졌으며 실력주의자인 그가 직접 의뢰를 했다면 상대는 젊은 외모와 달리 뛰어난 실력을 가지고 있다는 얘기였다.

"지명 의뢰인 것은 맞습니다."

아마 로랑과 가리엘 전사장의 추천이 있었을 것이다.

"크흠. 출동 자체도 급히 결정되었고 타이탄을 정비하고 챙기느라고 자네에게 신경을 쓰지 못했네."

"용병이 된 지 얼마 되지 않아서 전사들에게 무시받는 건 익숙하지 않지만, 원래 시티에 있을 때부터 혼자 많이 돌아다녔기 때문에 신경을 쓰지 않아도 괜찮습니다. 방금 전에 말씀드린 대로 저야 받은 의뢰만 수행하면 되니까요."

가온이 거기까지 말했을 때 이쪽을 주시하고 있던 전사 한 명이 붉어진 얼굴로 씩씩거리며 달려왔다.

"감히 용병 따위가 차석 전사장님께 그게 무슨 불손한 태도냐!"

"그러는 넌 전투가 벌어지면 네 등을 지켜 줄 동료에게 이 무슨 무례한 태도냐? 전사들은 다 너처럼 행동하나?"

안 그래도 속이 뒤틀렸는데 상대가 시비를 거니 잘됐다 싶었다.

"이런 무례한 자가 있나! 당장 검을 들어라! 내 버릇을 단단히 고쳐 주마!"

챙!

자신을 소개하지도 않은 전사는 화를 주체할 수 없는지 바로 검을 빼 들었을 뿐 아니라 검에 마나까지 주입했다. 가온의 실력을 어느 정도 인정한 것이다.

상황이 이렇게 급변했지만 별동대를 이끄는 이페이는 알 수 없는 얼굴로 지켜보기만 했다.

가온은 이페이를 한번 쳐다보고는 그가 이 싸움에 관여하지 않겠다는 태도를 보인 것을 확인했다.

그런데 상대가 선을 넘었다.

정말 자신을 죽일 생각인지 검기까지 뽑아내고 노골적으로 살기를 흘리고 있었다.

"하아! 살기를 품어? 시티 헌터국의 의뢰를 받은 내가 우습나 보군. 이건 분명 네가 시작한 거다!"

휘익!

뻐억!

가온의 몸이 마치 순간 이동을 하듯 눈 깜빡할 사이에 5미터의 거리를 좁히더니 강력한 타격음이 났다. 그리고 사람들의 귀에 타격음이 들렸을 때는 씩씩거리며 검을 빼 들었던 전사의 몸이 10여 미터까지 날아가 버렸다.

거칠게 땅바닥에 몇 번 부딪힌 그는 기절한 듯 미동도 하지 않았다.

"……."

이페이를 포함해서 상황을 지켜보던 사람들은 잠깐 동안 아무런 반응도 하지 못했다.

눈으로 직접 봤지만 도저히 믿을 수 없는 일이었기 때문이다.

로페스는 익스퍼트 중급으로 전투와 사냥 경험이 아주 풍부한 중급 전사다.

곧 상급 전사로 승급을 앞두고 있는 실력이 뛰어난 전사인 것이다.

그런 그가 마나까지 끌어 올려서 대비를 하고 있었음에도 상대의 움직임에 전혀 대응하지 못하고 한 방에 기절해 버린 것이다.

가장 먼저 반응을 보인 사람은 이페이였다.

"골드급의 강자지만 실적 때문에 할 수 없이 실버패를 받았다는 말이 사실이었군. 로페스의 무례한 행동은 내가 사과하지."

"아무리 제가 용병이라고 하더라도 동료인데 검기를 사용하는 것은 물론 살기까지 품었으니 죽여야 마땅하지만 경의 얼굴을 보아 참았습니다. 그리고 굳이 사과하신다면 받아들이도록 하지요. 식전인데 저 때문에 분위기가 안 좋은 것 같으니 혼자 근처에서 쉬고 내일 출발할 때 합류하겠습니다."

가온은 그 말을 남기고 질풍처럼 달려서 순식간에 일행의 시야에서 사라졌다.

남은 별동대원들의 눈은 한참 동안 사라진 가온의 뒤에 고정되어 있었는데 믿을 수 없는 광경을 본 것처럼 동공이 거세게 흔들렸다.

이페이는 작게 고개를 흔들었다.

'하아! 중급 전사 중에서 가장 강하다고 평가받는 로페스가 전투태세를 갖추고도 미처 대응도 하지 못하고 일격에 기절해 버릴 정도라니! 이거야 죽이겠다고 마음을 먹었으면 단숨에 목이 떨어졌겠군.'

정말 믿어지지 않을 정도로 빠른 움직임이다. 자신이라고 해도 상대의 공격을 피할 수 있다고 자신할 수 없을 정도로 빠른 공격이었다.

　게다가 마나를 사용했는지 여부는 알 수 없지만 자신의 동체 시력을 초월하는 빠르게 움직일 수 있는 것으로 보아서 최소한 자신에 비견되는 강자라고 할 만했다.

　'내가 잘못 처신했네.'

　오우거를 상대로는 알파급 타이탄으로도 자신할 수 없다는 사실을 잘 알고 있는 헌터국장이 특별히 신경을 써 주어 합류하기로 한 인물이 있다는 통보를 출발 바로 전에 받았지만 신분이 용병이라는 점 때문에 늘 그렇듯 무시를 한 것이 너무나 후회스러웠다.

　'빠르기도 그렇고 최소한 익스퍼트 상급의 실력을 가지고 있어. 하아! 타이탄에 집중하는 동안 내 눈이 썩어 버렸구나.'

　움직이기 직전까지 전혀 기세를 표출하지 않았다는 점만 고려하면 자신보다 더 강할 가능성이 높았다.

　그 용병이 오늘 누구보다 먼저 트롤의 접근을 알아차린 것도 그렇고 눈에 보이지도 않을 정도로 빠르게 움직일 수 있는 강자라는 것을 생각하면 일행에게 큰 힘이 될 수 있는데 자신과 로페스의 잘못된 대응 때문에 신뢰를 잃었다.

　'저런 무위라면 오우거를 상대할 때 큰 도움이 될 수 있을 텐데……'

　그 용병이 받은 의뢰는 세 명의 타이탄 정비 요원을 안전하게 지키는 것이다.

본래 용병이 맡은 의뢰에만 집중한다는 점과 자신들이 처음부터 그를 배척했다는 점을 고려하면 위기 상황에서 그의 도움을 받을 수 있는 가능성이 현저하게 줄어 버린 것이다.

"아무래도 상대가 용병이라는 사실만으로 편견을 가지고 우리에게 도움이 될 수 있는 강한 동료에게 잘못된 처신을 한 것 같군."

이페이는 기절한 로페스를 팀원들이 있는 곳으로 끌고 가서 내려놓으며 그렇게 말했다.

"하지만 그래 봐야 용병일 뿐입니다."

타이탄 라이더는 아니지만 익스퍼트 중급 실력의 전사가 씩씩거리며 그렇게 말했다.

"멍청한! 타이탄 라이더인 우리 셋으로도 몇 마리가 되는지 알 수 없는 오우거를 감당할 수 있을지 자신이 없는데, 너와 네 동료들의 목숨을 구해 줄 수도 있는 강자를 용병이라는 이유 하나로 배척하다니. 타렛, 너 바보냐? 그리고 우리 시티가 출신 성분을 따지기 때문에 편하게 활동하기 위해서 용병으로 등록을 했을 뿐 한눈에 봐도 그의 고향에서는 손꼽히는 전사로 보이잖아."

"하, 하지만!"

"닥쳐라! 로페스가 상대를 손봐 주겠다고 나섰다가 아무 짓도 하지 못하고 한 방에 나가떨어진 것을 보지 못했나? 그는 나조차 그의 공격을 감당할 수 있다고 자신하지 못할 강자야!"

이페이의 고백에 전사들의 끓어올랐던 머리가 차게 식었다.

타이탄 라이더인 세 사람을 제외하고는 가장 강했던 로페스가 검기까지 생성해서 만반의 준비를 한 상태에서 한 방에 기절을 했고 자존심이 하늘을 찌르는 이페이 차석 전사장이 감당하기 힘들다고 할 정도면 자신들은 아예 쳐다보지도 못할 강자가 확실했다.

"이제부터 그가 용병이라고 무시하는 놈들은 내가 용서하지 않겠다. 오늘만 해도 그가 먼저 트롤의 접근을 경고하지 않았으면 동화 과정을 끝내기 전까지 몇 명은 죽거나 크게 다쳤을 거야! 고맙게 생각을 해야지!"

그제야 전사들의 고개가 아래로 떨어졌다.

생각해 보니 나이에 어울리지 않는 실력이나 정제된 기품으로 보아 절대로 용병으로 보이지는 않았다.

'시티 차원에서 작정하고 키운 전사겠지.'

그건 전사들이 공통적으로 하는 생각이었다.

어릴 때부터 온갖 영약을 먹이고 뛰어난 교관들을 붙여서 키운 것이 아니라면 저렇게 젊은 나이에 골드급 용병에 해당하는 실력을 갖출 수는 없었다.

데이브레이크

아니테라로 건너간 가온이 먼저 만난 것은 바로 벼리와 파넬이었다.

바로 제조창으로 향한 것이다.

가온은 곧바로 타이탄을 보고 싶었지만 벼리의 의견을 따라 인적이 없는 황무지의 암석지대로 향했다. 그리고 처음 자신의 타이탄을 구경할 수 있었다.

"이게 베타급이라고?"

키가 7미터 이상에 미끈하고 멋진 외양을 가진 타이탄은 이페이 전사장이 탔던 알파급 타이탄과는 차원이 달랐다.

─네, 오빠. 괜찮죠?

"대단해! 바로 탑승할 수 있지?"

─그럼요.

가온은 한 번 도약하는 것으로 이미 두 다리로 서 있는 타이탄의 열려 있는 탑승구까지 올라갔고 공중에서 몸을 움직여서 안으로 들어갔다.

"이게 전용 슈트야?"

조종실은 생각보다 컸는데 슈트로 추정되는 것이 실내를 가득 채우고 있었다.

투구부터 부츠까지 일체형인 슈트는 전면의 지퍼가 활짝 열려 있었는데 거인이 들어가도 될 만큼 컸다.

─속옷만 입은 상태로 슈트 안에 몸을 넣으면 미세마법진이 활성화되면서 자동으로 몸에 밀착돼요.

방어구를 벗은 후 벼리가 말한 대로 슈트 안에 몸을 집어넣으니 알아서 지퍼가 움직였고 몸에 맞추어서 줄어들었다. 그의 몸은 조종실 중앙에 둥실 떠 있었지만 불안한 마음은 전혀 들지 않았다.

─이제 곧 동화 과정이 시작될 거예요.

벼리가 말하기가 무섭게 슈트 안에 나 있는 수많은 작은 돌기들이 마나 포인트에 해당하는 곳에 밀착되더니 이내 시야가 달라졌다.

'이건?'

분명히 타이탄의 시야였다.

거대화 스킬을 자주 펼쳤기 때문에 시야가 달라지는 것에는 익숙했다.

'벌써 동화가 된 건가?'

이페이를 비롯한 세 전사의 경우 타이탄과 동화되는 데 최소 1분 이상 걸렸던 것 같았는데 자신의 경우에는 순식간이었다.

조종실 내부의 벽과 천장 그리고 바닥은 어느새 빛을 방출하고 있었는데 자세히 보니 수많은 미세마법진이 활성화된 상태였다.

-동화가 됐을 테니 이젠 움직여 봐요.

벼리의 말에 따라 몸을 움직여 보려고 했는데 여의치가 않았다.

쿵!

걷는다는 것이 발을 잘못 놀렸는지 그만 앞으로 넘어지고 말았다.

'하아! 쉽지 않네.'

이미 초인의 반열에 들었다고 자부하던 자신이 이런 꼴이 되다니 한심하기도 하고 부끄럽기도 했다.

-오빠, 조종을 한다고 생각하지 말고 오빠가 직접 움직인다고 생각하면 돼요.

그런 거라면 문제가 없었다.

이미 거대화 스킬을 많이 사용해 봤기에 달라진 몸을 움직이는 것은 어렵지 않았다.

다시 일어난 가온은 천천히 걸어 보았다.

'역시 거대화했을 때와 비슷하네.'

약간의 이질감과 불편함은 있었지만 자신의 몸이 커졌다고 생각하자 금방 적응할 수 있었다.

'그런데 마음대로 움직여지는 건 아니야.'

타이탄은 이전에 거대화했을 때와는 달랐다. 생각하는 즉시 원하는 움직임을 취할 수 있는 것이 아니라 약간의 시간차를 두고 움직여졌다.

그래서 답답하기도 했으며 타이탄 자체의 설계 때문인지 마음먹은 대로 움직여지지 않는 부분도 느껴졌다.

'어쨌거나 거대화 스킬을 사용했다고 생각하고 움직여 보자.'

그렇게 생각하니 움직이는 것이 훨씬 편해졌다.

그때부터 가온은 타이탄을 자기 몸이라고 생각하고 다양한 자세를 취하거나 다양하게 움직였다.

어느 정도 타이탄에 적응되었다 싶었을 때는 체술을 차례대로 펼치기도 하고 타이탄과 함께 만든 것으로 보이는 대검을 들고 철월검술을 펼치기도 했다.

그 결과 확인한 사실은 타이탄이 본신의 움직임에 비해서 대략 6할 정도에 해당하는 능력치를 가졌다는 것이었다.

-대단해요, 오빠!

'이게 대단한 거야?'

―타이탄에 대한 기록을 보니 오빠가 타고 있는 등급의 타이탄은 최대 동화율이 40%밖에 안 되거든요. 그런데 오빠의 동화율은 60%가 넘어요.

동화율에 대해서는 듣지 못했지만 무엇을 의미하는지는 금방 알 수 있었다.

아마 그만큼 고대 유적에서 발견한 설계도대로 제작한 이 타이탄의 동화율이 높은 것 같았다.

―이제 위력을 확인해 봐요. 일단 마나를 운용하지 않은 상태부터요.

벼리가 말한 대로 순수한 타이탄의 능력으로 바위를 상대로 확인을 해 본 가온은 깜짝 놀랐다.

집채 크기의 바위가 주먹질 한 방, 발길질 한 방에 산산조각이 나 버린 것이다.

'이게 출력이 어느 정도라고?'

―28룩스요.

이 정도면 마나가 아니더라도 능히 트롤을 주먹과 발로 짓이겨 죽일 수 있었다.

가온은 내친김에 음양기를 사용해 보았다.

음양기를 전신으로 퍼트리는 순간 슈트까지 전달되면서 마나포인트에 해당하는 위치에 돋아 있는 수많은 돌기를 통해서 체외로 빠져나갔다.

우우웅.

체외로 빠져나간 음양기는 무언가 작동하는 것 같은 조종실 안에서 빠르게 크기를 키웠다.

'조종실 내부에 새겨진 미세마법진들이 음양기를 증폭시키고 있군.'

아이테르의 타이탄은 어떤 방식으로 라이더의 마나를 증폭시키는지 모르겠지만 조종실 내부가 미세마법진을 도배가 된 이 타이탄의 경우 조종실을 마나오션처럼 사용하는 것으로 보였다.

상급 마정석 네 개가 박혀 있는 조종실 중앙에 자리한 가온은 증폭된 음양기를 타이탄이 자신의 몸이라고 생각하고 전신으로 퍼트렸다.

지이이이잉.

음양기는 마나로드에 해당하는 선을 통해 전신으로 퍼져 나갔는데 그 과정에서 어느 정도의 손실이 있었다.

대검에 음양기를 조금씩 주입하자 푸른 오러가 넘실거리며 곧 검기가 생성되었다.

'이 정도면 되는군.'

이제 검기의 위력을 확인해 볼 차례다.

쉬익!

집채만 한 크기의 바위에 대검을 내리친 가온은 활짝 웃었다. 너무나 깨끗하게 절단된 것이다.

'검기의 위력은 동일하지만 검기의 크기가 대검에 맞추어

커졌어.'

이 정도라면 트롤 정도는 가볍게 썰어 버릴 수 있었다. 굳이 오러 블레이드를 사용할 필요가 전혀 없었다.

그래도 오러 블레이드까지 생성해서 시험을 해 보았는데 기대 이상이었다.

대검 자체가 커진 만큼 오러 블레이드 역시 엄청난 크기였고 그만큼 강력한 위력을 발휘했다.

그렇게 타이탄을 다양한 방식으로 조종해 보던 가온은 20분 정도가 지나자 조종실 내부의 미세마법진이 내던 빛이 옅어지면서 기동력이 빠르게 떨어지는 것을 느꼈다.

'마나를 전력으로 사용할 경우 상급 마정석 10개로도 채 20분밖에 운용할 수 없군.'

상급 마정석을 열 개나 사용함에도 운용 시간이 짧은 점이 아쉽긴 했지만 타이탄은 아주 강력한 무기였다. 트롤은 물론 탄 차원보다 훨씬 더 강력한 전력을 가지고 있을 오우거라도 별 어려움 없이 압살할 정도로 말이다.

'좋은 동료를 얻었네.'

이 베타급 타이탄을 양산해서 아니테라의 전사들이 탑승한다면 어지간한 던전을 순식간에 정리할 수 있을 것 같았다.

가온은 벼리와 파넬이 가장 처음 만들어 낸 타이탄에 '데이브레이크'라는 이름을 붙였다.

어둠 속에서 희미하게 밝아지는 새벽인 어슴새벽을 뜻하는 영어 단어로 앞으로 양산된 타이탄들의 시초라는 의미를 담았다.

데이브레이크를 빠져나오자 비로소 심신의 피로감이 한꺼번에 밀려왔다.

물론 그의 경지에 비하면 심각한 정도는 아니지만 그래도 최근 들어 가장 심했다.

벼리가 조종석을 빠져나온 가온을 보고 다가왔다.

―오빠, 기동해 보니 어때요?

'아주 마음에 들어!'

―혹시 불편한 부분은 없고요?

'일단은 더 타 봐야 알 것 같아. 아! 에너지 효율이 좋지는 않은 것 같아.'

―그 점은 저희도 알고 있어요. 군이 상급 마정석을 사용할 필요는 없을 것 같기는 한데 재사용 문제 때문에 그런 것 같아요.

상급 마정석은 시간은 걸리지만 충전해서 다시 사용할 수 있었다.

'나도 그렇게 생각하긴 했어. 고대라고 해도 마정석이 지천일 정도는 아닐 테니까. 아무튼 난 잠시 연공을 좀 할게.'

―네, 오빠. 대신 다시 아이테르로 건너가기 전에 불편한 부분을 찾아서 지적을 해 주셔야 해요.

'알았어.'

데이브레이크는 시제기다. 그러니 당연히 만드는 데 주도적인 역할을 한 벼리로서는 프로그램이라면 버그라고 할 수 있는 부분들을 찾아서 수정을 하고 싶을 것이다.

명상과 연공 그리고 마력 서킷까지 루틴대로 운공을 마치자 정신과 육체의 피로가 말끔하게 풀렸다.

'다시 도전해 보자!'

체고가 무려 7미터에 달하는 거대한 타이탄을 기동하는 것은 생각 이상으로 재미가 있었다.

그렇게 계속 기동훈련을 하다 보니 벼리가 말한 대로 수정할 부분을 파악할 수 있었다.

벼리와 파넬은 가온이 지적한 부분을 바로바로 수정했기에 다음 기동에서는 개선된 성능을 확인할 수 있었다.

처음부터 무려 일곱 번에 걸친 기동훈련을 마친 가온은 자신의 집으로 귀가했다.

"온 랑, 이번에는 늦게 오셨네요."

"많이 기다렸단 말이에요."

그를 반겨 주는 아레오와 아나샤를 품에 안자 비로소 누적되었던 정신적인 피로감이 말끔하게 사라지는 기분이었다.

가온은 함께 저녁에 이어 차를 마시면서 아이테르에서 벌어진 일들을 얘기했고, 아레오와 아나샤는 그동안의 수련 성과와 문제점, 그리고 간혹 아니테라에서 생긴 소소한 일들을 얘기하며 즐거운 시간을 보냈다.

입이 근질거렸지만 타이탄에 대해서는 아직 언급하지 않았다. 원하는 수량을 확보한 후 놀래 주고 싶었기 때문이다.

다음 날도 일찌감치 타이탄 기동훈련을 시작했다. 전날 훈련한 결과를 바탕으로 다섯 번 연속으로 기동해도 충분히 견딜 수 있다는 사실을 확인했기에 오전과 오후에 각각 다섯 번씩 연속 기동을 했다.

그 결과 벼리와 파넬이 원하는 소소한 불편 사항들을 수집할 수 있었고, 바로 수리 혹은 개량을 한 덕분에 데이브레이크의 진정한 위력을 빨리 끌어낼 수 있었다.

그렇게 보름 동안 타이탄을 조종하는 훈련에 푹 빠져 살았다. 기동을 하면 할수록 소폭이기는 하지만 동화율이 올라가서 거대화를 했을 때와 비슷한 감각을 느낄 수 있어서 타는 재미가 있었기 때문이다.

그 바람에 아레오와 아나샤와는 만나 보지도 못하고 다시 아이테르 차원으로 돌아가야만 했지만, 보름에 걸친 훈련 덕분에 이젠 데이브레이크를 능숙하게 조종할 수 있게 되었다.

데이브레이크는 비록 외형은 베타급이었지만 실제로는 감마급과 델타급의 중간에 해당하는 능력을 가지고 있었다.

가온이 생각하기에는 마나를 사용하지 않는다고 해도 능

히 다크오우거를 때려죽일 정도의 엄청난 전력이었다.

유일하게 아쉬운 점은 구동원이 상급 마정석이라는 사실이다.

사용하기에 따라서 충분한 가치가 있었지만 어지간한 일에 타이탄을 동원하는 것은 가성비가 너무 좋지 않았다.

충전이 가능하다는 점 때문에 상급 마정석을 사용하는 것 같은데, 가온처럼 수없이 반복 기동을 하려면 너무 많은 비용이 필요한 것이다.

'나 같은 사람이 아니면 함부로 기동하기도 부담스럽겠네.'

다양한 경로를 통해서 천 단위의 상급 마정석을 보유한 가온이었기에 이렇게 하루에도 열 차례씩 기동할 수 있는 것이다.

그러는 동안에도 본신은 황무지에서 구슬땀을 흘리며 수련을 하고 있었지만 굳이 만나러 가지는 않았다.

본신은 다양한 영약을 복용해 가면서 일신의 무력을 최대한으로 높이는 데 매진하고 있었기 때문이다.

'이 상태라면 수련이 끝났을 때는 최소한 익스퍼트 중급 실력은 될 수 있겠네.'

그 정도면 지구에서는 개인의 무력으로 가장 강하지 않을까 싶다.

물론 순수한 육체적 능력만으로 따지면 말이다.

울프오크

  다음 날 아침, 별동대원들은 일찍부터 아침 식사를 하고 있었다. 오늘 이동할 거리가 만만치 않기 때문에 든든하게 먹으려고 고기와 향신료가 푸짐하게 들어간 스튜를 한솥 끓였다.

  "같이 식사하지 않겠나?"

  "이미 먹고 오는 길입니다."

  어제와 달리 가온이 숙영지에 접근하자 이페이가 알은척을 했지만 가온은 담담한 얼굴로 그렇게 대답하고는 주위를 둘러보려는 듯 말을 타고 숙영지 밖으로 나갔다.

  "로페스, 아직 사과할 생각이 없나?"

  냉정한 가온의 태도에 안타까운 얼굴을 한 이페이가 로페스에게 물었다.

"제가 뭘 잘못했는지 모르겠습니다만 하라고 명령하시면 따르겠습니다."

어제 주먹 한 방을 맞고 날아가서 기절당하는 모욕을 당한 로페스가 이페이의 말에 불퉁한 얼굴로 대답했다. 명령이 아니면 사과하지 않겠다는 뜻이다.

"허어, 참!"

자신 역시 실수한 것이 있었기에 이페이는 혀를 차면서도 더 이상 로페스를 닦달하지는 않았다.

그렇게 이페이 팀의 식사가 끝나 갈 무렵 가온이 흙먼지를 일으키며 달려왔다.

"무슨 일인가?"

"울프오크들이 북서쪽에서 이곳을 향해 달려오고 있습니다."

울프오크라는 말에 사람들의 안색이 확 달라지더니 서둘러 식기를 내려놓고 방어구를 제대로 갖춰 입기 시작했다. 더 이상 가온의 정찰 능력을 의심하지 않았기 때문이다.

"얼마나 되던가?"

"육안으로 관측한 것이라서 확실하지는 않지만 놈들을 태우고 있는 늑대의 숫자로 보아 100마리는 넘어 보였습니다."

강력한 근력을 가진 데다가 기동력까지 갖춘 울프오크가 100마리 이상이라는 말에 사람들의 안색이 확 변했다.

가온이 도서관에서 읽은 책에 언급된 내용에 의하면 울프 오크의 전사 계급은 익스퍼트 초급의 전사에 비견되는 전투력을 지니고 있어서 무리를 지어 트롤까지 사냥을 하는 아주 강력한 몬스터로 분류하고 있었다.

　'그런데 정말 오크가 맞나?'

　아이테르의 모든 생물이 탄 차원보다 크기는 하지만 울프 오크는 좀 특별했다.

　키가 2미터가 넘는 데다가 근육이 터질 것처럼 잘 발달했고 강렬한 투기를 방출하고 있었는데, 전사의 경우 회색 늑대와 비슷한 몸집의 늑대를 타고 다녔다.

　"말들을 가운데 놓고 북서쪽을 향해 반원진을 쳐라!"

　명령을 내리는 상급 전사이자 타이탄 라이더인 이페이의 얼굴이 심각해질 정도이니 이곳의 오크가 얼마나 강한지 간접적으로 확인할 수 있었다.

　말들이 있지만 오크를 태운 늑대보다 현저하게 빠르지 않으니 피할 수도 없었다.

　숙영지를 두른 낮은 흙벽은 오크에게 아무런 장애물도 되지 못한다. 오크를 태운 늑대가 한 번에 도약할 수 있는 높이에 불과했다.

　"제기랄!"

　검기를 능숙하게 다루는 익스퍼트 초급은 되어야 괴력을 가진 오크를 제대로 상대할 수 있다는 점과 그런 오크가 무려 100마리에 달한다는 사실을 고려할 때 여차하면 타이탄을 운용해야만 했다.

문제는 상급 마정석의 숫자다. 별동대에게 지급된 상급 마정석은 총 60개. 이미 타이탄에 장착된 것을 합하면 각각 타이탄을 세 번 가동할 수 있는데 어제 이미 한 번 사용했기에 가동 시간은 5분 남짓 남았다.

'잘못하면 임무를 제대로 수행할 수 없겠군.'

오우거를 목격했다는 정보만 있을 뿐 몇 마리나 되는지는 알지 못하는 상황이다. 그러니 함부로 타이탄을 운용할 수가 없었다.

다들 이페이가 얘기한 대로 말을 중앙에 몰아넣고 방진을 완성했다. 세 정비 요원을 제외하고 다들 경험이 많은 노련한 전사들이었던 것이다.

두두두두.

가온이 말한 방향에서 흙먼지가 일면서 마치 수백 마리의 전투마가 달리는 것처럼 대지가 요동을 쳤다. 육중한 체구의 오크를 태운 거대한 늑대들이 달려오는 소리였다.

흙먼지 사이로 거대한 늑대를 타고 있는 오크가 눈에 들어온 것은 순식간이었다. 그만큼 늑대가 빠르게 달려오고 있었다.

그런 상황에서도 이페이는 오크를 상대로 타이탄을 사용

해야 하는지 아직도 고민하는 중이다.

그때 방진 안에 합류하지 않고 바깥에서 여전히 말을 타고 있던 가온이 등에서 활대를 풀더니 시위에 화살을 걸었다.

"하아! 울프오크를 화살 따위로 처치할 수 있다고 믿는 건가?"

가온에게 여전히 감정이 좋지 않은 로페스가 고개를 저으며 말했다.

오크를 태운 늑대들이 먼 거리에서 날아오는 화살에 맞을 리도 없었지만 늑대들은 아직 화살의 유효사거리 안에 들어오지도 않았다.

그런데 그때 가온의 활에서 화살이 빛살처럼 빠르게 날아갔다.

그 모습을 본 전사들이 혀를 찼다.

'미친 건가?'

전사들은 가온이 육안으로 보이지 않는 먼 거리에서 트롤이 접근하는 것을 알아차린 것이 무색하게 화살이 닿지 않을 먼 거리임을 알아차리지 못했거나 긴장이나 두려움 때문에 일찍 화살을 쏜 것이라고 생각하며 심각한 와중에 한심하게 생각했다.

게다가 화살은 포물선이 아니라 거의 직사로 날아가고 있었으니 마법사가 포함된 정비 요원들도 한심하게 바라볼 수밖에 없었다.

그런데 날아가는 화살이 좀 이상했다.

마치 허공에 선이 그어진 듯 잔상을 남기며 빠르게 날아가는 화살은 전혀 아래로 떨어지지 않았을 뿐 아니라 붉게 빛나고 있었기 때문이다.

"오러 애로! 화살에 마나를 주입했어!"

마법사인 벤이 가장 먼저 그 사실을 깨달았다.

그렇게 직사로 무려 300보 이상 날아간 화살과 선두에서 달려오던 늑대를 탄 오크가 만난 순간 오크의 몸통이 산산조각이 나서 육편(肉片)이 사방으로 날아갔다.

"포, 폭발시!"

이페이는 헌터국장으로부터 자신의 팀에 합류할 용병이 고도의 마나 운용 능력이 필요한 폭발하는 화살을 사용한다는 얘기를 들었다.

그리고 그 화살은 매직 아이템이 아니며 폭발시라고 불린다는 사실까지 말이다.

하지만 이페이는 그 말을 흘려들었다. 그런 궁술이 있다는 소리는 한 번도 들어 본 적도 없었기 때문에 매직 아이템을 사용했을 것이라고 생각했다.

그런데 진짜 폭발하는 화살이었다. 검기가 아니면 찌르거나 벨 수 없는 단단한 오크의 몸이 입고 있던 사슬갑옷과 함께 산산조각이 나다니.

가온은 말을 탄 상태에서 연신 화살을 연사하고 있었는데 한 발도 예외 없이 오크의 몸에 꽂혀 산산조각을 내 버리고 있었다.

"……나보다 훨씬 강하겠군."

이페이 정도면 폭발시의 원리 정도는 짐작한다. 성질이 상극인 속성의 마나를 화살에 주입해서 균형을 이루게 한 후 쏘아서 목표에 닿는 순간 폭발하게 만드는 것이다.

하지만 이론을 안다고 해서 가능한 일은 아니다. 일단 속성이 상극인 마나들을 폭발 직전의 상태로 안정화시키는 과정 자체가 어려웠다.

그런데 가온이라는 용병은 손이 보이지도 않을 정도로 빠르게 화살을 연사하고 있으니 도무지 믿을 수가 없었다.

다들 멍청하게 달려오다가 머리통이며 상체가 산산조각이 나는 오크들의 모습을 보던 전사들은 문득 가온의 외침에 정신을 차렸다.

"누구 남은 화살 없습니까?"

다들 보는 상태에서 아공간을 사용하기가 꺼려졌기에 한 소리였다.

"여, 여기 있습니다!"

다행히 궁술에 자신이 있는 전사 한 명이 화살통 두 개를 챙겨 왔다.

가온의 폭발시는 이페이조차 감탄할 정도로 무시무시한

위력을 가졌지만 울프오크의 대응도 만만치 않았다. 놈들은 동료들의 머리며 상체가 폭발하는 광경을 보면서도 인간들을 향해 돌진하는 것을 멈추지 않았다.

전투 경험이 풍부한 전사 계급의 울프오크들은 기세를 잃으면 조상의 힘을 사용하는 자신들과 비슷하게 자연의 힘을 사용하는 인간들과의 전투가 어렵다는 사실을 잘 알고 있었다.

울프오크들은 분노에 가득한 피어를 내지르면서 새끼 때부터 옆에 끼고 살아온 자신의 친구로 하여금 더 빨리 달리도록 채근했다.

결국 33마리의 늑대가 주인을 잃었을 때 오크 무리의 선두가 숙영지에 근접했다.

이대로 두면 놈들이 한꺼번에 숙영지 안으로 들어올 텐데 그렇게 되면 피해가 생길 수밖에 없었다.

고심을 하던 이페이가 결정을 내렸다.

"엄호를 해 줄 수 있겠나?"

이페이의 말에 원래 자신의 임무인 호위를 위해서 천천히 방진 안쪽으로 자리를 옮긴 가온이 고개를 끄덕였는데, 그는 여전히 말을 타고 있었다.

가온의 대답을 들은 이페이는 두 타이탄 라이더를 제외한 익스퍼트급 전사 십여 명과 방진을 빠져나갔다. 가온이 숫자를 크게 줄였지만 아직도 많기에 다들 검기를 한계까지 끌어

올렸다.

하지만 울프오크 쪽도 만만치가 않았다. 놈들 역시 전사 계급은 어느 정도 마나를 사용할 수 있었다.

인간처럼 체계화된 연공법을 익힌 것은 아니지만 마정석을 가진 마수와 몬스터를 잡아먹는 것만으로 체내에 마나가 쌓이는 것이다.

심지어 전사 계급의 경우 주기적으로 선대가 남긴 마정석을 갈아서 먹기에 축적된 마나의 양이 많았다.

그렇기 때문에 울프오크 전사들은 검기까지는 아니더라도 경험을 통해서 마나를 끌어 올려 육체와 무기를 강화시킬 수 있었다.

오크의 주 무기는 잡철로 만들어지기는 했지만 쇠몽둥이처럼 굵고 거대한 도였다.

찌르기보다는 베기에 적합할 뿐 아니라 자체로도 엄청난 타격 무기가 될 수 있었다.

그렇기에 이페이나 중급 전사인 네 명을 제외하고는 검기로도 단번에 도를 부수거나 잘라 낼 수가 없었다.

거기에 울프오크는 아직 숫자도 많았고 무기를 들고 있는 인간을 앞두고도 전혀 두려워하지 않을 뿐 아니라 더욱 투기를 발산하는 거대한 체구의 늑대를 타고 있기 때문에 위치 에너지까지 더해져서 방진 밖으로 나간 별동대원들은 일부를 제외하고는 금방 위기 상황에 몰렸다.

특히 익스퍼트가 된 지 얼마 안 되는 전사들은 두세 마리의 오크의 합공을 받자 금방 손발이 어지러워졌다.

울프오크를 태운 일명 늑대들이 아주 노련하게 움직였고 검기를 두른 검에도 오크의 대도를 잘라 버릴 수가 없었기 때문이다.

만약 그 상황이 지속되었으면 금방 사상자가 나왔겠지만 별동대의 후방에는 가온이 있었다.

슉! 꽝!

화살이 날아가면 영락없이 전사를 위협하던 울프오크의 머리통이 부서져서 사방으로 날아갔다.

그렇게 되자 울프오크들은 전투에 집중할 수가 없었다. 언제 폭발하는 화살이 날아올지 알 수 없으니 말이다.

덕분에 이페이가 이끄는 전사들은 전력의 열세에도 불구하고 침착하게 울프오크를 상대할 수 있었고 이페이와 싸우던 오크 전사장도 그 사실을 깨달았다.

"취액!"

화가 난 오크 전사장은 이페이가 휘두르는 검기에 대항해서 마나를 주입한 거대한 대도를 휘두르는 동시에 허리에 차고 있던 전투 도끼를 가온을 향해 던졌다.

전사들은 오크에 집중하고 있어서 그 사실을 몰랐지만 가온의 뒤편에 모여 있는 정비 요원들은 마나가 담긴 전투 도끼가 가온의 옆구리를 향해 날아오는 것을 볼 수 있었다.

"조, 조심!"

타이탄의 혈관이라고 할 수 있는 마력 회로의 보수가 전문인 케일이 비명처럼 소리를 질렀을 때, 도끼는 이미 가온의 옆구리를 파고들고 있었다.

까앙!

케일은 물론 대장장이인 데엘과 마법사 벤도 틀림없이 도끼가 가온의 옆구리에 박혔을 거라고 생각한 순간 금속성의 충돌음과 함께 도끼가 튕겨 나갔다.

자세히 보니 가온의 오른손에 들린 화살이 도끼를 쳐 낸 것이다. 가느다란 화살로 말이다.

'저게 말이 되나?'

세 사람이 그런 생각을 하고 있을 때 가온은 이제 다른 오크를 노리지 않고 이페이가 상대하는 울프오크 전사장을 향해 폭발시를 날리기 시작했다.

'감히 나를 상대하면서 한눈을 팔아!'

한눈을 판 대가를 치르게 해 줄 생각이다.

꽝! 꽝! 꽝! 꽝! 꽝!

울프오크 전사장은 자신을 향해 빠르게 날아오는 화살을 연신 쳐 냈지만 폭발력과 화살에 담긴 힘을 감당하지 못하고 금방 자세가 흐트러졌다.

이페이와 같은 노련한 전사가 그런 순간을 놓칠 리가 없었다.

푹!

앞으로 도약한 이페이의 검이 오크 전사장이 걸치고 있는 허접한 사슬갑옷과 생체보호막을 뚫고 심장 부위를 뚫고 들어갔다.

검에 두른 시퍼런 검기의 위력이 그 정도로 막강했기 때문이다.

휘릭!

손목을 가볍게 틀자 검이 따라 돌면서 심장을 엉망으로 만들었고 결국 울프오크 전사장의 눈에서 빛이 사라졌다.

그렇게 울프오크 전사장을 해치운 이페이가 날뛰기 시작하자 울프오크들은 속절없이 무너졌다.

이페이뿐 아니라 가온이 계속해서 날리는 폭발시로 인해서 오크들은 공황 상태에 빠져 전력을 발휘할 수 없었기 때문이다.

그래도 후퇴를 모르는 종족답게 울프오크 전사는 1마리도 도망치지 않았고 끝까지 싸우다가 죽임을 당했다.

우우우우!

주인이자 친구를 잃은 늑대들은 오크들과 달리 도망치는 것을 선택했는데 전사들은 굳이 쫓지 않았다. 아무리 몸집이 크고 흉악하다고 해도 일단 꼬리를 만 늑대는 결코 두려운 존재가 아니었기 때문이다.

하지만 가온은 계속해서 폭발시를 날렸다.

'인간의 피를 마신 놈들을 그냥 도망가게 둘 수는 없지.'

살려 두면 언제고 다시 인간을 공격할 것이다. 후환을 남길 필요는 없었다.

결국 도망친 늑대는 손에 꼽을 정도에 불과했다.

그렇게 가온은 전투에 처음 합류했고 자신의 능력을 유감없이 보여 주었다.

이페이를 포함한 별동대원들이 가온을 보는 시선도 확 달라졌다.

과장해서 말하면 익스퍼트가 아닌 전사들과 정비 요원들은 가온 덕분에 살 수 있었기 때문이다.

하지만 마정석을 적출하던 별동대원들은 울프오크와 늑대 사체 사이를 유유자적 걷는 가온의 모습을 보고 소름이 끼쳤다.

피비린내와 죽음의 냄새가 짙게 깔려 있는 사체들 사이를 천천히 걸으면서 산책을 하는 것 같은 가온의 모습은 무척이나 생경하면서도 무시무시했다.

마치 사신(死神)이 자신이 만들어 낸 죽음의 현장을 살펴보는 것 같았다.

아침나절부터 울프오크와 한 차례 전투를 치른 별동대는

해가 질 무렵까지 강행군을 했다. 다른 어떤 마수나 몬스터보다 오우거는 위협적이라서 자리를 온전히 잡기 전에 막아야만 했기 때문이다.

물론 순탄하게 이동한 것은 아니었다. 고블린과 놀 그리고 오크 한 무리를 더 상대해야만 했다.

그래도 전력을 온전히 보존할 수 있었던 것은 거의 전적으로 가온 덕분이었다. 그, 아니 실제로는 카오스가 발휘한 능력이지만 상대를 훨씬 더 먼저 찾아내 급습을 하거나 유리한 지형지물을 이용해서 처치할 수 있었다.

거기에 폭발하는 화살의 위력은 엄청났다.

오크와 달리 불리하면 도망치는 습성이 있는 고블린과 놀의 경우 300마리가 훨씬 넘었음에도 무리를 이끌던 놈들의 머리며 몸통이 폭발하며 산산조각이 나는 참혹한 광경을 보더니 전의를 잃고 도망쳐 버린 것이다.

울프오크가 아닌 평범한 오크를 상대로도 폭발시는 막강한 위력을 발휘했다.

수가 적어서 합공을 당할 수밖에 없는 전사들이 위험에 처할 때마다 폭발시가 날아들었기 때문이다.

그 때문에 비교적 안전한 숙영지를 찾아서 발을 멈추었을 때는 누구도 가온을 전날처럼 대하지 못했다.

"같이 식사하지 그러나?"

"적의가 담긴 시선을 받으며 먹으면 체해서요. 혼자 먹는 것이 더 편합니다. 내일 아침에 뵙지요."

　무표정한 얼굴과 담담한 대답을 남기고 어느새 내리기 시작하는 어둠 속으로 사라지는 가온의 뒷모습을 보는 이페이의 눈에 복잡한 감정이 떠올랐다.

　"제가 잘못 처신한 것 같습니다."

　어느새 다가온 로페스가 고개를 꾸벅 숙였다.

　"이름도 못 들어 본 실버급 용병이고 젊은 데다가 외모도 준수해서 다른 시티 출신의 귀족가의 사생아가 명성이나 경험을 쌓기 위해서 로랑 지부장이나 가리엘 전사장을 움직여서 용병으로 활동하는 것이라고 가벼이 생각하고 고까운 마음에 분수를 모르고 설쳤습니다. 저런 강자일 줄은 정말 몰랐습니다."

　사실 그런 경우는 적지 않았다. 그리고 그런 용병들은 배경을 믿고 전사들에게도 무척 무례한 경우가 많았다.

　"내일 사과해라."

　"그렇게 하겠습니다. 사실 오늘도 사과를 하고 싶었는데……."

　뒷말은 안 들어도 알 수 있었다. 이페이가 생각하기에도 가온은 그럴 기회를 전혀 주지 않았다. 너무나 충실하게 정찰 임무를 수행했기 때문이었다.

　"아니테라라는 시티 출신이라고 들었는데 저 나이에 이 정도 무위를 가지고 있다면 귀족 자제에 전사 중에서도 고위급인 것 같습니다."

"그렇다면 타이탄 라이더일 수도 있겠네요. 벤 마법사가 말하길 우리가 기동하는 모습을 유심히 지켜봤다고 합니다. 팔목에 타이탄을 수납할 수 있는 아공간 아이템으로 보이는 팔찌도 차고 있고요."

이페이와 함께 같은 상급 전사이자 타이탄 라이더인 조엘과 판토스가 다가오며 말했다.

"흐음. 그런 생각은 안 해 봤는데 그럴 수도 있겠군."

두 사람의 말을 들은 이페이는 미처 생각하지 못했던 사실을 깨닫고 눈을 빛냈다.

'판토스의 말처럼 타이탄 라이더가 확실해!'

물론 타이탄 라이더는 무위가 높다고 될 수 있는 건 아니다. 마나의 양이나 전투 기술보다는 마나를 운용하는 능력을 타고나야만 했다. 그래야 타이탄과의 동화율이 높으니 말이다.

하지만 상대는 이미 폭발시만으로도 이페이가 혀를 내두를 정도로 높은 수준의 마나 운용 능력을 보여 주었으니 타이탄 라이더로서는 최적의 자격을 갖추고 있었다.

"타이탄 라이더가 아니더라도 폭발시의 위력을 생각하면 오우거를 상대할 때 큰 도움이 될 것 같습니다."

"저 역시 그렇게 생각합니다. 만약 오우거가 2마리라면 우리 전력으로 임무를 완수할 가능성이 3할 정도라고 생각했는데, 온 훈이라는 용병이 도와준다면 7할까지는 높아질 것 같습니다."

조엘과 판토스가 비록 타이탄 라이더이기는 하지만 이페이와 비교하면 상대도 되지 않는다.

그는 같은 등급의 타이탄으로 거의 2배에 해당하는 전투력을 발휘할 수 있었다.

만약 온이라는 용병이 타이탄을 가지고 있다면 이페이에 비견되는 무위를 발휘할 것이고 그렇지 않다고 해도 폭발시만으로 오우거의 주의력을 분산시켜서 임무를 완수하는 데 큰 도움이 될 것이다.

"맞아. 그가 타이탄 라이더가 아니라고 하더라도 오늘처럼 폭발시를 날려만 준다면 큰 도움이 될 것이다."

이페이의 말에 조엘과 판토스는 물론 어느새 가까이 모여든 전사들이 일제히 고개를 끄덕였다.

"온 훈을 더 이상 용병이라고 무시하는 멍청한 놈들은 없겠지? 그는 우리가 홀대했음에도 위험할 때마다 우리를 도와주었을 뿐 아니라 우리의 임무에 결정적인 역할을 할 수 있는 역량을 가지고 있다. 그러니 내일부터는 날 대하듯 행동하길 바란다!"

"넷!"

이페이는 결연한 얼굴로 대답하는 전사들을 보면서도 잘못 끼워진 단추를 어떻게 풀어야 할지 참으로 난감했다. 상대는 자신들의 태도가 변한다고 해서 곧바로 얼굴이 바뀌는 단순무식한 용병이 아니었다.

'제기랄! 나라도 그런 무시를 받았으면 쉽게 화를 풀지 않겠다.'

가온이 사라진 방향을 쳐다보는 이페이의 눈에는 후회의 감정이 가득 담겨 있었다.

자신의 실력을 믿는 전사일수록 자긍심이 높기 때문에 모욕을 당하면 쉽게 풀지 않는다.

도움이 절실한 자신들의 입장에서 생각하면 어떻게 하든 가온의 마음을 풀어 주어야만 했다.

아니테라로 건너간 가온은 바로 타이탄 기동훈련을 시작했다.

'재미있다!'

거대화를 했을 때와 비교하면 아직도 답답하고 몸의 움직임도 어색하지만 기동훈련을 거듭할수록 그 간격이 조금씩 좁아지는 것이 묘한 성취감을 느끼게 했다.

하지만 아직 흑기사인 아틀라스를 꺼내지는 않았다. 자아를 가진 금속 정령이 혼으로 기능하는 아틀라스가 먼저 나서기 전에는 소환하지 않을 생각이었다.

그렇게 훈련을 하는 동안 가온 덕분에 타이탄에 대해서 좀 더 완벽한 정보를 확보한 벼리와 파넬은 모라이족 장인들과 함께 베타급 타이탄을 본격적으로 생산하기 시작했다.

처음에는 열흘에 한 기가 고작이었지만 분업이 체계적으로 이루어지면서 일주일에 한 기를 생산할 수 있게 되었다.

그 사실을 들은 가온은 슬슬 타이탄 라이더를 선발할 필요성을 느꼈다.

'하지만 아직은 아니야. 일단 열 기가 생산된 후에 결정하자.'

가장 유력한 후보인 엘프 대전사장이 열 명이니 그렇게 결정한 것이다.

그렇게 땀을 흘리고 훈련에 매진한 가온의 쌓인 정신적 육체적 피로는 밤에 집에서 완벽하게 풀 수 있었다.

훈련하는 동안 팽팽하게 당겨졌던 긴장과 쌓였던 피로는 사랑하는 여인들과 함께하는 식사와 차 그리고 자기 전에 당연한 과정이 된 음양대법을 통해서 완벽하게 풀렸다.

그렇게 충분히 타이탄 훈련을 하고 두 여인과 뜨거운 사랑을 나누는 보람찬 나날들을 보낸 후 가온은 시간에 맞추어 아이테르 차원으로 건너왔다.

"기다리고 있었네."

놀랍게도 어제와 달리 이페이 팀은 같은 시간임에도 식사까지 마치고 출발할 준비를 끝낸 상태였다. 혼자 식사를 하고 오는 가온을 배려한 것이다.

"오늘 오후면 목적지인 자쿵의 숲에 도착한다고요?"

자쿵은 지구나 탄 차원에는 존재하지 않는 야생 거대 콩의 이름이다.

콩알이 고양이 눈알 크기인 자쿵은 풀이 아니라 나무였다, 그것도 높이가 30미터까지 자라는.

"그곳의 후방에서 오우거를 목격했다고 했으니 자쿵의 숲은 지나쳤을지 모르겠지만 일단 그곳까지 가서 행적을 좇아야겠네."

자쿵은 크기도 하지만 영양분이 풍부해서 몸집이 거대한 이곳의 초식동물들이 아주 좋아하는 먹이라고 했다.

다만 비린내가 심해서 인간은 좋아하지 않지만 가뭄이 심하거나 홍수로 인해 농사를 망치면 인간들도 자쿵을 먹을 수밖에 없었다.

"그런데 로페스가 할 말이 있다고 하는군."

가온이 출발한다고 말하려는 순간 이페이가 먼저 말을 꺼냈다.

"제게 말입니까?"

그렇게 묻는 사이에 로페스가 긴장한 얼굴로 다가오더니 대뜸 한 무릎을 꿇고 고개를 숙였다.

"온 훈 경, 죄송합니다! 용병에 대한 선입견과 이해할 수 없는 상황 때문에 경께 무례했습니다!"

상대가 여전히 괘씸했지만 잘못을 비는 로페스의 말이나

태도에서 진정이 느껴지니 순간 어떻게 반응해야 할지 모르겠다.

"저 또한 무례를 사과드립니다. 입으로 내뱉지 않았을 뿐 같은 이유로 온 경을 백안시했습니다."

"저도 같은 무례를 범했습니다. 용서하십시오."

조엘과 판토스에 이어 다른 전사들까지 한쪽 무릎을 땅에 대는 자세를 취하며 사과를 해왔다.

"나 또한 사과하겠네. 나 또한 자네의 말을 들어 보지도 않고 내가 개인적으로 가장 혐오하는 정치적인 이유로 우리 팀에 합류했다고 성급하게 생각했네. 내 옹졸한 마음 때문에 자네가 제대로 쉬지도, 먹지도 못하게 만들어서 미안하네."

다른 전사들이야 크게 신경이 쓰이지 않았지만 무리의 수장인 이페이까지 같은 자세를 취하며 고개를 숙이니 도저히 담담하게 대할 수가 없었다.

"좋습니다! 사과를 받아들이지요. 다들 일어나십시오."

가온은 마음 한구석에는 아직 쌓인 것이 있었지만 그냥 털어 버리기로 했다.

'용병을 천시하는 사회에서 용병으로 활동하기로 마음을 먹었으면 제대로 대접을 받는 건 포기해야 하거늘.'

가온은 전사들의 진정 어린 사과에 옹졸했던 자신을 반성하며 다시 입을 열었다.

"용병을 대하는 여러분의 태도에 기분이 상한 것은 사실이지만 그렇다고 크게 신경 쓰지 않아도 됩니다. 따로 수련하는 것이 있어서 혼자만의 시간이 필요했으니까요."

"그랬다면 정말 다행일세. 혹시 불편한 것이 있다면 언제든 얘기하게."

"그렇게 하겠습니다."

그렇게 일이 마무리되는 것 같았지만 아직 끝은 아니었다. 이페이가 독대를 요청한 것이다.

"묻고 싶은 것이 있는데."

숙영지에서 조금 벗어난 곳에 이르자 발을 멈춘 이페이가 기대감이 가득한 얼굴로 말했다.

"말씀하십시오."

"혹시 타이탄 라이더인가?"

"……그렇습니다."

가온이 굳이 숨길 이유는 없었다.

"알파인가 베타인가?"

"베타입니다."

"역시! 혹시 가지고 다니는 건가?"

주먹을 불끈 쥐는 이페이의 얼굴이 환해졌다가 이전보다 더 긴장한 얼굴로 물었다.

"그렇습니다."

그제야 이페이의 얼굴이 완전히 밝아졌다.

"그 타이탄으로 우리를 도와줄 수 있나?"

"그게……."

가온은 이페이의 부탁에 어떻게 대답을 해야 할지 알 수 없었다. 의뢰받은 일의 범위를 훨씬 벗어난 내용이었기 때문이다.

물론 이페이 팀이 위험해지고 타이탄을 운용해야만 하는 상황이 된다면 당연히 그렇게 하겠지만 이렇게 나오니 대답하기가 난감했기 때문이다.

그런 그의 태도에 뭔가 생각을 하던 이페이가 알았다는 얼굴이 되어 급하게 입을 열었다.

"의뢰! 그래. 내가 개인적으로 의뢰를 하겠네."

"의뢰 말입니까?"

"우리 시티에는 베타급을 수납할 최상급의 아공간 아이템이 부족해서 내 전용기를 챙겨 오지 못했네. 오우거를 상대하려면 꼭 필요한데 말이야. 그래서 오우거를 상대하는 임무의 난이도가 확 올라가 버렸네. 자네도 타이탄 라이더이니 알겠지만 베타는 되어야 오우거를 제대로 상대할 수 있잖나."

"그야 그렇지요."

이 세계의 오우거가 탄 차원의 그것보다 훨씬 더 클 것이라는 사실을 감안하면 체고가 7미터 이상인 베타급은 되어야만 제대로 상대할 수 있었다.

"타이탄 라이더인 자네가 돈이 부족할 리는 없을 테니 이런 것은 어떤가? 인적이 거의 닿지 않은 유적에 대한 정보를 주겠네."

"유적이라고요?"

귀가 솔깃했다.

"그렇다네. 우리 시티에서는 좀 많이 떨어져 있지만 고대 문명의 유적으로 추정되는 곳이네."

고대 유적이라는 말에 가온은 큰 흥미가 생겼다. 일전에 거인족의 고대 유적지에서 아틀라스를 비롯한 세 타이탄은 물론 수많은 타이탄 관련 부품을 얻은 것이 생각났기 때문이다.

"고대라고 했는데 얼마나 오래된 유적입니까?"

"모험가들이 확보한, 구운 벽돌에 새겨진 문양으로 보아서 카름 시대의 것으로 추정되네. 경도 알겠지만 카름 시대는 지금으로부터 대략 7천 년 전 문명으로 전설에 따르면 영인(靈人)들이 활약을 했다고 하네."

다시 영인이 언급되자 가온은 바로 결정을 내렸다.

"좋습니다."

"후유! 다행이네. 사실 오우거를 제대로 상대하려면 베타급은 되어야 하거든. 자네의 활약을 기대하겠네."

이페이는 천군만마를 얻은 느낌이었다. 베타급 타이탄은 그 정도로 강력한 전력이었고 특히 폭발시를 수월하게 쓸 정도로 마나 운용 능력이 높은 가온이라면 라이더로도 자신과

예지몽으로
히튼랭커

비견해도 전혀 떨어지지 않을 것이니 기대할 수밖에 없었다.

"미리 대가를 지불하도록 하지. 그곳에 대한 지도네."

이페이는 행여 가온의 마음이 변할까 두려웠는지 아예 던전의 위치가 기록된 지도까지 넘겨주었다.

"지도에 대해 조금 설명해 주지. 여기가 바로 우리 알펜 시티라네. 그리고 남동쪽에 있는 이 도시는 팔탄이라는 준메가시티인데 그곳에서 남서쪽으로 말을 타고 대략 20일 거리에 던전이 있네. 우리 시티를 기준으로 하면 말로 대략 석 달 거리에 있네."

메가시티에 대해서는 이미 들어서 알고 있다. 상주인구가 100만이 넘는 거대한 도시를 말하는데 도시 안에 산과 호수를 포함하고 있어서 그 정도면 국가라고 봐도 무방했다. 준메가시티라서 그것보다는 규모가 작을 테지만 알펜보다는 훨씬 큰 도시였다.

"녹색으로 칠해진 이 지역은 혹시 삼림지대입니까?"

"맞네. 던전이 있는 분지가 있는 파라핀 산지까지 가려면 이 거대한 삼림지대를 통과하는 것이 가장 빠르네. 다만 다른 곳처럼 이 거대한 삼림지대에는 다양한 마수와 몬스터 들이 서식하고 있으니 주의해야 하네. 가능하면 많은 탐사대를 동행하는 것이 좋네."

"참고하겠습니다."

자신이야 투명날개를 이용해서 날아갈 생각이니 거리가

먼 것은 문제가 될 것이 전혀 없었다. 설사 아무것도 없다고 해도 잠시 비행을 즐겼다고 생각하면 된다.

"자, 그럼 출발할까."

그렇게 말하는 이페이의 마음은 한층 가벼워졌다.

혼오크

정오 무렵.

"제기랄!"

이페이는 한숨을 푹푹 쉬고 있었다. 대략 500미터 정도 떨어진 숲을 바라보는 그의 얼굴에는 짜증이 가득했다.

"왜 혼오크 놈들이 길을 막고 있냐고!"

혼오크는 울프오크처럼 큰 몸집은 아니지만 마나를 사용하는 능력은 더 높았고 지능도 높아서 상대하기 더 곤란한 몬스터다.

가온의 정찰 내용이 사실이었다. 하필이면 적어도 1천은 되어 보이는 혼오크들이 숲에 터를 잡고 있었는데 양쪽은 낮기는 하지만 부서지기 쉬운 재질의 암석으로 이루어진 산이라 우회할 수도 없었다.

우회로를 확보하기 위해 보낸 전사들은 하나같이 고개를 절레절레 흔들 정도로 잘게 부서지는 돌로 이루어진 양쪽의 산은 말을 타고 이동하기에는 최악의 환경이었다.

숲의 규모가 크기에 울창한 상태라면 밤을 이용해서 은밀하게 이동할 수 있는데 그렇지가 않았다.

혼오크들이 벌목을 했는지 높게 자라서 아래쪽에는 가지가 거의 없는 나무들이 드문드문 서 있어서 시야가 뻥 뚫려 있는 것이 다름없었다.

게다가 저 오크들은 따로 부락을 만들지 않고 숲 전체를 마을로 사용하는지 혼오크 특유의 움집들이 숲 전체에 걸쳐 있었다.

'오우거를 목격한 모험가들을 직접 데리고 왔어야 했는데.'

모험가들은 이 근처 지리를 꿰뚫고 있어 저 돌산을 안전하게 우회할 수 있을 텐데 자신들에게는 그럴 능력이 없었다.

말을 포기한다면 어떻게든 혼오크의 영역을 지나갈 수 있겠지만 남은 여정을 생각하면 그럴 수는 없었다.

'이렇게 되면 타이탄을 가동해야 하는데……'

1천이면 전사 계급이 4할 정도이니 400마리는 될 텐데 그런 놈들을 채 마흔도 안 되는 전사들의 전투력으로 처리할 수는 없으니 할 수 없이 타이탄을 사용해야만 했다.

문제는 1천이나 되는 오크를 상대하려면 반 정도 남은 가동 시간으로는 어림도 없어 도중에 상급 마정석들을 교체해야 한다는 사실이다.

　그렇게 되면 오크를 성공적으로 처리한다고 해도 타이탄은 1.5회 정도만 가동할 수 있을 뿐이다.

　'그 정도로는 온 훈 경이 합류한다고 해도 오우거를 처리할 수 없어.'

　오우거가 몇 마리나 되는지 알 수 없기 때문에 가온의 베타급 타이탄이 가세한다고 해도 임무를 완수할 수 있다고 자신할 수 없는 상황이다.

　그나마 희망은 오우거가 단독생활을 한다는 점이지만 만약 가족 단위라면 얘기가 달라진다.

　자신이 포함되어 있다고 해도 알파급 타이탄은 한계가 있어서 세 기로는 오우거 1마리를 상대하는 것이 고작이기 때문이다.

　그때 가온이 나섰다.

　"제가 혼오크들의 시선을 돌릴 테니 이페이 경은 왼쪽 산기슭을 종단해서 숲을 통과하십시오."

　"어떻게 말인가?"

　"타이탄을 이용해서 오크 부락에 난입한 후 한바탕 소동을 벌이고 우측으로 놈들을 끌고 이동하겠습니다."

　"으음. 경이 혼자 감당할 수 있겠소?"

아무리 베타급 타이탄이라고 해도 무적은 아니다. 오크 중에는 오러를 방출할 수 있는 놈들도 꽤 많다. 놈들이 포위한 상태로 시간을 끌면 당할 수밖에 없었다.

"그 부분은 제가 맡겨 주십시오. 대신 제 의뢰 대상들은 확실히 지켜 주십시오."

"그건 어렵지 않은데. 정말 가능하겠소?"

"은신 스크롤이 한 장 있으니 가능하지 않을까요?"

가온이 평소에 보여 준 무시무시한 주력과 은신 스크롤이라면 적어도 도망을 칠 수 있을 것이다. 오크의 추격은 피할 수 없겠지만 말이다.

"고맙네."

"이페이 경께서 흔쾌히 유적에 관한 정보를 주신 것에 대한 답례라고 생각해 주십시오."

가온의 말을 들은 이페이는 새삼 자신의 결정이 뿌듯했다. 덕분에 가온이 이런 위험한 상황에서 적극적으로 나선 것이니 말이다.

"알겠네. 정비 요원들의 호위에 대한 의뢰는 내가 알아서 처리하도록 하지."

이페이는 진심으로 가온에게 감사했다. 임무를 받은 전사들 중에서도 이런 상황이 닥치면 자신이 미끼가 되겠다고 자진해서 나설 이가 거의 없다고 생각했기 때문이다.

별동대원들이 초조하게 지켜보는 가운데 숲 안쪽에서 거대한 불길이 치솟았다.

"성공이닷!"

저 불은 혼오크의 터전인 숲으로 잠입한 가온이 벌인 일이 틀림없었다.

불은 한 곳에만 발생한 것이 아니었다. 처음에는 숲의 왼쪽 경계 부분에서 시작된 불길은 빠르게 오른쪽으로 이동했는데, 인위적으로 붙인 불이라고 보기에는 규모가 생각보다 컸다.

'대체 얼마나 빨리 이동하는 거지?'

별동대원들이 이해가 안 갈 정도로 불길이 치솟는 간격이 좁았다.

머리에 뭉툭한 뿔이 돋아 있는 오크들은 듣기 싫은 비명을 지르며 이리저리 뛰어다녔고 전사 오크들은 불을 끄겠다고 난리 법석을 피웠는데 워낙 나무들 사이의 간격이 넓었기에 그 모습을 모두 볼 수 있었다.

이게 끝이라면 오크들은 얼마 지나지 않아서 불을 모두 끄고 혼란을 수습할 수 있었을 테지만 그게 끝이 아니었다.

"타이탄이다!"

가늘고 높게 자란 나무들 사이로 처음 보는 색상과 디자인의 타이탄이 보였다.

"아니테라에서 만든 타이탄인가 보군."

현재 타이탄을 생산하는 곳은 일명 '열두 마녀'라고 불리는 열두 개의 마탑밖에 없었다.

타이탄은 마탑이 있다고 해서 만들 수 있는 것이 아니었다. 강판부터 시작해서 엄청난 양의 금속이 필요하며 금속을 흙처럼 다루는 장인과 대장장이 그리고 마법진에 특화된 마법사 들이 다수 필요했다.

그래서 양산되는 타이탄의 종류는 열두 가지로 표식이나 디자인이 모두 달랐다.

하지만 규격이 거의 통일되어서 먼 거리에서는 색상을 제외하면 보통 비슷한데 가온의 것으로 보이는 타이탄은 형태부터가 좀 달랐다.

"뿔이 있네요. 전격을 사용할 수 있을 가능성이 높습니다."

"베타급이라는 사실을 감안해도 대단한 타이탄입니다. 아무리 베타급이라도 해도 저렇게 자연스럽게 뛸 수 있다는 것은 라이더의 능력이 탁월하든지 그게 아니라면 관절 등 연결부에 특별한 기술이 적용되었다는 것을 알려 줍니다."

"허엇! 주먹질 한 방에 아름드리 거목이 부러졌습니다! 출력이 엄청납니다!"

여태 조용히 따르기만 했던 세 정비 요원들의 얼굴이 잔뜩 상기되었고 눈빛이 초롱초롱해졌다.

가온이 탄 데이브레이크는 불 때문에 공황에 빠져 우왕좌왕하는 혼오크들을 그야말로 압살하고 있었다. 검은 아직 쓰지도 않고 주먹과 발로 오크들을 육포로 만들어 버리고 있었던 것이다.

물론 그런 사태는 오래 가지 않았다. 여기까지 전해지는 신호음에 따라서 사방에서 오크 전사들이 몰려들고 있었기 때문이다.

가온의 타이탄은 오크 전사의 숫자가 많아지자 본격적으로 대검을 사용했는데 놀랍게도 한 번의 검격으로 오크 전사들과 함께 나무까지 베어 버렸다.

어떻게든 타이탄을 포위하려던 오크 전사들은 마구 쓰러지는 나무들로 인해서 제대로 대응을 하지 못했고 그 결과는 학살이었다.

그렇게 오크들을 학살하던 가온의 타이탄은 천천히 뒤로 물러나기 시작했고 자연스럽게 분노와 투기로 광분한 오크 전사들은 그를 따라 움직였다.

아무리 상대가 강하다고 해도 물러서거나 도망칠 오크가 아니었기 때문이다.

그렇게 오크들이 가온의 타이탄을 따라서 숲의 오른쪽으로 이동하는 모습을 확인한 이페이가 정신을 쏙 빼놓고 보고 있는 팀원들에게 소리쳤다.

"뭐 하나! 다들 이동한다!"

이제 오크의 시선은 걱정할 필요가 없으니 전력으로 달리기만 하면 된다. 말을 탄 상태라서 그리 오래 걸리지는 않을 것이다.

한편 가온은 거의 무아지경에 빠져 타이탄을 운용하고 있었다.

'생각보다 훨씬 더 타격감이 좋아!'

감각을 거대화했을 때로 맞추었고 아니테라에서 이미 적응 훈련을 충분히 했기에 타이탄을 운용하는 건 어렵지 않았다.

퍽! 퍽!

어지간한 혼오크들은 주먹 한 방에 전신의 뼈가 다 부러져서 멀리 날아가 버릴 정도로 타이탄은 강력한 힘을 발휘했다. 직경이 1미터가 넘는 나무들도 그의 주먹질과 발길질에 수수깡처럼 부러져 버릴 정도였다.

왜 이전에 거대화를 한 상태에서 오크를 상대해 보지 않았는지 후회할 정도였다.

하지만 전사 오크들이 몰려들면서 상황이 달라졌다.

순식간에 가온을 포위한 놈들은 동료들이 죽어 나가는 상황에서 마치 오우거를 상대하듯 발목과 무릎 부위를 집요하게 공격했는데 타이탄이 몸집이 큰 만큼 사각이 많아서 막기가 쉽지 않았다.

무엇보다도 전사장 계급의 혼오크들은 몸을 반 배가량 키우는 특수한 스킬을 사용해서 마나가 주입된 글레이브를 휘두르자 가온도 위기의식을 느낄 수밖에 없었다.

몸을 부풀린 혼오크 전사들은 단순히 몸집만 커진 것이 아니라 근력이나 민첩성 등 스텟도 뻥튀기가 되었고 마나의 양도 늘어났는지 쉽게 검기를 생성했다.

그런 혼오크 전사장의 숫자는 10마리에 불과했지만 가온은 대검을 사용해야만 했다.

하지만 군이 검기를 사용할 필요도 없었다. 음양기로 강화된 거대한 검의 궤적에 걸리는 건 모두 잘라 나갈 정도로 강력한 힘이 실려 있었다.

거대화한 혼오크들은 일반 전사들과 달리 가온의 검을 받아치지 않고 나무를 이용해서 치고 빠지는 전술을 사용했기에 몸집이 거대한 타이탄으로도 쉽게 처치할 수가 없었다.

물론 음양기를 본격적으로 활용하면 그런 오크들을 죽이는 건 어렵지 않겠지만 군이 오크들을 전멸시킬 생각은 없었다.

일행이 무사히 숲을 건너가면 자신의 임무는 끝이었다.

가온은 그렇게 전사 오크들을 상대하면서 슬금슬금 숲 오른쪽으로 움직였다. 수많은 동족을 살해한 거대한 기계 인간에게 강한 살의를 가진 혼오크들은 그런 가온의 의도를 전혀 알아차리지 못했다.

마침내 목적지에 도착했다.

다른 곳보다 지대가 현저히 낮은 곳으로, 돌산에서 흘러내린 빗물들이 고여서 만들어진 작은 습지였는데, 습지 둘레를 따라 자라는 나무들은 숲의 다른 나무와 달리 수고(樹高)가 낮으면서도 무성한 잎을 가진 나무들이 자라고 있어 증발을 억제하고 있었다.

끝까지 가온을 따르면서 공격을 하던 혼오크 전사 150여 마리까지 습지에 들어오자 가온은 타이탄이 활약하는 것을 보겠다고 나와 있는 정령 중 마누를 불렀다.

'마누, 내가 도약하는 순간 전격을 퍼부어!'

─알겠어요.

음기를 발바닥 중앙에 있는 구멍 바로 바깥 부분에 집중시킨 가온은 반대 속성의 양기를 주입한 후 폭발시켰다.

슈우욱!

폭발력이 발바닥을 경계로 땅 쪽으로 향하게 만들었기에 타이탄은 자연스럽게 폭발의 반작용으로 로켓처럼 순식간에 하늘로 치솟아 올라갔고 그 자리에는 거대한 구덩이가 만들어졌다.

그 순간 마누가 전격을 방사했다.

츠즈즈즈즈.

갑자기 하늘로 날아 올라가는 타이탄을 보고 황당해하던 오크들에게 시퍼런 전격이 덮쳤다.

순식간에 뇌전에 휩싸인 오크들은 너무 놀란 나머지 반사적으로 마나를 끌어 올려 몸을 보호하려고 했지만 이미 늦어 버렸다.

폭발력이 얼마나 강했는지 단숨에 상공 50미터까지 날아 올라가던 가온은 허공에서 타이탄과의 동화를 끊었다.

그 순간 슈트가 자동으로 몸에서 떨어져 나가면서 몸이 자유를 찾았다.

"장착!"

투명날개를 장착한 가온은 타이탄이 정점을 향하며 상승 속도가 늦추어지기 시작했을 때 탑승구를 열고 밖으로 나왔다.

탑승구 밖으로 나온 가온은 허공에 그냥 뜬 상태로 떨어지기 시작하는 타이탄을 전용 아공간에 집어넣었다. 이미 투명날개를 장착한 상태여서 보이지도 않았다.

아래쪽을 확인해 보니 150여 마리의 오크 중 10여 마리가 털이 시꺼멓게 탄 몰골을 하고 공포에 젖은 얼굴로 비척거리며 습지를 빠져나가고 있었다.

'미끼 역할을 한다는 것이 거의 절반 이상을 죽여 버렸네.'

타이탄이 생각보다 더 강력한 능력을 발휘한 덕분이었다.

물론 마지막은 마누가 장식해 주었지만 말이다.

　가온은 정령들에게 죽은 오크들을 챙기도록 부탁을 하고 숲 반대편으로 천천히 날아갔다.

오우거 사냥

한편 별동대는 숲 왼쪽과 돌산의 경계로 말을 몰았다. 숲 안쪽으로는 가온이 불을 지른 움집들이 곳곳에서 타고 있어서 그런지 혼오크들은 전혀 보이지가 않아서 전력 질주로 숲을 통과했다.

혼오크의 영역을 무사히 빠져나온 이페이 팀은 물을 좋아하는 나무들이 줄지어 서 있는 작은 강가에서 멈추었다.

강 주변을 돌아본 이페이는 고개를 끄덕였다.

강은 수심은 낮았으나 폭이 아주 넓었고, 좁지만 습지대가 형성되어 있어서 초식동물들이 아주 많았다.

강 건너편 또한 초지가 넓게 펼쳐져 있었고 들소와 같은 거대한 초식동물은 물론이고 사슴 종류와 다양한 설치류들이 돌아다니고 있었다.

그래서 큰 규모의 혼오크들이 이곳과 가까운 숲에 자리를 잡은 모양이다. 풍부한 식생으로 보아서 초지 쪽에는 고블린이나 늑대 혹은 다른 마수들이 서식하고 있을 가능성이 높았다.

물론 어지간한 규모라면 별동대의 이동을 막을 수는 없을 것이다.

그리고 드넓은 초지의 끝부분에는 작은 산맥과 연결되는 산들이 이어지고 상당한 규모의 호수가 있는데 그곳이 바로 오우거들이 목격된 장소였다.

'무사해야 할 텐데.'

이페이는 표현은 안 했지만 자신이라 해도 무사히 수행한다고 자신할 수 없는 미끼 역할을 자청한 가온이 걱정되었다.

'규모가 작긴 하지만 최상급 전사에 해당하는 대전사장이 있을 수도 있어.'

그 점 때문에 걱정을 하는 것이다. 보통 1만 이상의 오크 전사를 이끄는 오크 대전사장은 최상급 전사처럼 오러블레이드를 사용할 수 있었다.

이페이가 경험한 바에 따르면 오크 대전사장은 보통 10만 이상의 규모를 가진 대형 무리에서 발견되지만 간혹 뜬금없이 적은 숫자의 무리에서도 보이곤 했다.

거기에 혼오크라면 오크의 상위 변이종으로 더 강력한 전투력을 지니고 있어 전사장 중에서도 오러 블레이드를 사용할 수 있는 대전사장급이 있을 수도 있었다.

그래도 믿는 바는 있었다. 베타급 타이탄이라면 오크 대전사장을 상대로도 충분히 버틸 수 있었기 때문이다.

척살은 쉽지 않지만 전력으로 붙으면 팔다리 한두 개는 부러뜨릴 수 있었다. 물론 타이탄이 손상되는 건 감수해야 하지만 말이다.

그때 반가운 소리가 들렸다.

"저기에 온다!"

한 전사가 가리키는 곳을 보니 막 숲에서 빠져나온 가온이 질풍처럼 달려오고 있었다.

'말도 타지 않고 저런 빠르기라니. 보면 볼수록 대단한 전사로군.'

보면 볼수록 탐이 났다. 출신 시티에 일이 생겨서 해결을 위해 나왔다고 들었지만 알펜 시티에 정착하면 시티의 전력이 엄청나게 증강될 정도의 인재였다.

'하지만 우리 시티에 정착할 일은 없겠지.'

저 정도 실력이면 아니테라 시티에서 자신과 비슷한 위치일 테니 회유하는 것은 불가능할 것이다.

오크의 숲을 무사히 통과한 별동대는 낮은 수심의 강을 건

너고 다시 말을 달려 한참 만에 거대한 호숫가에 도착했다.

"이곳이 오우거들이 목격된 장소다! 조엘조와 로페스조는 주위 정찰을, 타렛조와 폰타스조는 숙영지를 찾고 숙영을 준비해!"

이페이의 명령에 전사들은 휴식이 필요함에도 아무런 반발도 없이 바로 움직였다.

별동대는 타이탄 라이더들을 제외하고 네 조가 있었는데 이페이는 절반을 정찰에 투입한 것이다.

"온 경은 따로 움직여도 좋소."

"알겠습니다."

비행 아이템을 쓸 예정이라 어차피 따로 움직이려고 했다.

사람들의 시선을 피할 수 있는 적당한 곳으로 이동한 가온은 곧바로 투명날개를 장착하고 은신 모드를 유지한 상태로 하늘로 날아올랐다.

'저기에 있군! 가족 단위라서 좀 골치가 아프겠네.'

거대한 호수를 따라 빠르게 비행하던 가온은 호수 반대편에서 오우거를 발견했다. 호숫가를 따라 잘 발달한 습지 혹은 초지와 연결이 된 산기슭에 오우거 4마리가 보였다.

하지만 곧바로 귀환하지는 않았다.

혹시 다른 무리가 있을 수도 있기 때문에 더 넓은 범위를 정찰해야만 했기 때문이다.

호수 주위는 물론이고 산들까지 정찰했는데 겁이 많음에

도 물과 먹이가 풍부한 호숫가를 떠나지 못한 초식동물들을 제외하면 어떤 마수나 몬스터도 보이지 않았다. 최상위 포식자인 오우거로 인해서 모두 도망을 친 것 같았다.

그런데 그의 흥미를 끄는 식물이 있었다. 신기하게도 40여 미터에 이르는 나무 전체의 둘레가 거의 동일한 나무의 굵은 가지에 어른 머리통 크기의 거대한 콩이 들어 있는 거대한 콩깍지들이 수도 없이 매달려 있었다.

'저게 자쿵이라는 거대 콩나무로군.'

호기심에 근처에 착륙을 해서 마침 익은 것으로 보이는 콩깍지 중 하나를 따서 살펴본 가온은 안에 들어 있는 노란 콩알을 보고 크게 놀랐다.

'정말 어마어마한 크기의 콩이네.'

가온이야 콩의 크기에 감탄하는 것에 불과하지만 한창 작업 중임에도 그가 놀라는 것을 느끼고 의식을 잠시 동조시켰던 벼리는 다른 의미로 놀랐다.

ㅡ오빠, 그 콩들을 챙겨야 해요!

'이것들을 챙기라고?'

ㅡ네! 그것도 농밀한 마나를 함유하고 있는 영약이에요!

'이게?'

끝부분을 살짝 깨물어 본 가온의 얼굴이 일그러졌다. 익기는 했지만 수분이 날아가지 않아서 그런지 너무 비렸다.

ㅡ그건 덜 익어서 그럴 거예요. 바닥에 떨어진 것을 한번

드셔 보세요.

가온은 벼리의 조언대로 바닥에 떨어져서 콩깍지를 확인했다.

과연 벌어진 꼬투리 사이로 노랗게 익은 콩알이 보였는데 씹어 보니 비린내는 거의 나지 않고 대신 고소한 맛이 일품이었다.

－익은 것은 물론이고 아직 안 익은 것들도 챙겨요, 오빠. 아니테라에 심어도 되고 안 익은 거라도 그 정도로 마나가 농밀하다면 조리를 해도 마나 증진 효과가 유지될 거예요.

'그래?'

그렇다면 챙겨야 했다. 자신에게는 별 도움이 되지 않지만 한창 수련 중인 본신에게는 큰 도움이 될 것이다.

가온은 앙헬과 모둔을 제외한 정령들을 모두 불러서 익은 콩들을 모조리 챙기도록 했다.

자쿵의 숲이 얼마나 넓은지 정령들이 익은 콩을 수확하는 데만 해도 무려 1시간이 걸렸지만 그 정도는 충분히 감수할 수 있었다.

그렇게 대략 2시간에 걸쳐서 비행 정찰을 끝낸 가온이 숙영지로 돌아오자 정찰을 나갔던 전사들도 얼마 전에야 돌아왔는지 먼지투성이로 이페이에게 보고를 하고 있었다.

보고를 들으면서 인상을 쓰고 있던 이페이는 가온이 말에

예지몽으로
히든랭커

서 내리는 것으로 보고 바로 달려왔다.

"혹시 오우거를 발견했소?"

기대하는 얼굴인 것으로 보니 다른 정찰조는 오우거 무리를 발견하지 못한 것 같았다.

"호수의 서쪽 끝부분에서 멀지 않는 산기슭에서 오우거를 목격했습니다."

"오오! 거기까지 갔었소?"

호수의 서쪽 끝이라면 이곳과는 반대편으로 굉장히 멀었다. 다른 정찰조의 경우 그곳까지는 가 보지 못하고 호숫가만 살펴보고 방금 귀환한 상태였다.

"몇 마리였소?"

이페이는 어지간히 긴장했는지 마른침을 삼키며 물었고 어느새 주변으로 모여든 전사들도 가온의 입을 주시했다.

"4마리였습니다. 2마리는 성체였고 다른 2마리는 새끼로 보였지만 거의 다 자란 것 같았습니다."

"젠장!"

이페이가 얼굴을 일그러뜨리며 욕설을 내뱉었다.

'4마리면 가족이군.'

오우거들이 목격된 장소를 멀리 벗어나지 않은 것은 다행이지만 한두 마리가 아니라 4마리나 된다니 최소한 오우거의 이동을 방해하라는 임무를 받은 이페이로서는 난감했다.

'사냥은 불가능할 것 같은데……'

    별동대의 전력으로 4마리나 되는 오우거를 사냥하는 것은 자살하겠다는 얘기나 다름이 없었다.

    그렇다고 차선책으로 오우거를 시티 쪽이 아닌 다른 곳으로 유인하는 것도 어려웠다.

    오우거는 달리 최상위 몬스터가 아니다. 언어라고 할 수는 없지만 음성으로 어느 정도 의사소통이 가능하고 특히 무엇보다 인간만큼이나 영악하다.

    더구나 그렇게 거대한 몸을 가지고 있으면서도 날렵하고 민첩하며 맨주먹으로 거대한 바위를 부술 정도로 강력한 근력을 가지고 있었다.

    본능적으로 마나를 사용할 수 있으며 전투에 있어서는 최상급 전사에 비견된다.

    넓은 영역을 가지고 있는 오우거들은 한 번에 대량으로 사냥을 해서 사체들을 힘으로 짓이겨서 공처럼 만든 후 주위에 두고 잠을 자고 일어났거나 번식행위를 하면서 시장할 때마다 하나씩 먹곤 했다.

    "먹이, 먹이는 얼마나 남았소? 공처럼 생긴 바디볼 말이오!"

    오우거가 힘으로 눌러서 공처럼 만든 사체 덩어리, 즉 바디볼의 크기에 따라서 다르지만 하루에 보통 두 개씩 먹는다고 알려져 있었다.

    "여섯 개 정도가 있었습니다."

가온은 이제야 오우거들 주위에 있었던 의문의 사체 덩어리가 놈들이 만들어 둔 먹이라는 사실을 알았다.

탄 차원의 오우거들은 배가 터질 때까지 먹고 일주일 혹은 열흘까지 버티다가 배가 고파지면 비로소 사냥에 나서는 습성을 가졌다.

"여섯 개면 늦어도 내일은 다시 사냥에 나서겠군."

놈들이 어디로 향할지는 누구라도 짐작할 수 있었다. 원래 살던 곳으로 돌아가지 않는다면 시야가 훤히 열린 초지로 향할 것이 틀림없었다.

그렇게 되면 혼오크의 영역을 순식간에 통과해서 결국은 알펜성까지 가게 될 것이 분명했다. 인간의 흔적은 기가 막히게 찾아내니 말이다.

'대체 오우거들이 왜 이쪽으로 온 거지?'

호수까지 연결되는 작은 산맥이 오우거들의 서식지다. 낮은 산들이 한동안 이어지는 산맥은 식생이 풍부해서 엄청난 숫자의 초식동물은 물론 대형 육식동물들의 천국이었다.

당연히 다양한 마수와 고블린이나 오크와 같은 몬스터들도 수없이 그곳에 터를 잡고 있었다.

비록 오우거라는 포식자가 있기는 하지만 고블린들은 굴이나 험준한 지형을 이용해서 도망 다닐 능력이 있었고, 오크들도 매번 피해를 입기는 하지만 인라지 스킬을 사용해서 한두 마리는 충분히 견제할 수 있어 공존할 수 있었다.

어떤 고블린이나 오크 무리는 주기적으로 오우거의 서식지 근처에 먹이를 쌓아 두는 것으로 공존을 하기도 했다. 오우거는 배가 고프거나 화가 났을 때 사냥을 한다는 점을 이용하는 것이다.

하지만 인간은 오우거에게 있어 배가 부를 때도 사냥을 하는 몇 안 되는 먹이다. 냄새도 거의 나지 않고 살이 연하고 야들야들해서 놈들에게는 별미였기 때문이다.

때문에 한번 인간을 잡아먹은 오우거는 의도적으로 시티 주변에 터를 잡고 상행을 노리거나 몬스터 웨이브 때는 직접 시티를 공격한다.

잠시 혼자 고심하던 이페이는 마침 주위로 몰려든 별동대원들을 보며 의견을 묻기로 했다.

"4마리라면 지원을 요청해야 하는 거 아닙니까?"

조엘의 말에 이페이는 고개를 흔들었다.

"아직 사냥 대회도 끝나지 않았고 오히려 상황이 악화된 상태인데 그럴 여유가 있겠나?'

안 그래도 웨어울프와 회색 늑대 들이 예상한 것보다 훨씬 더 많아서 사냥 대회에 참가한 전사들까지 발이 묶인 상황이다. 거기에 트롤들까지 나타난 상황이다.

"하지만 타이탄이라면 여유가 있지 않습니까?"

"오우거의 출현 소식을 들었는데 보내려고 하겠냐?"

조엘과 다른 팀원들은 이페이의 대답에 더 이상 할 말이 없었다.

자신들이 잘못되면 오우거를 맞이해야 할지도 모르는 알펜 시티의 입장에서는 더 이상의 타이탄 라이더를 보낼 수가 없었다.

그렇게 회의를 했지만 이페이나 팀원들은 마땅한 대안이 없어서 눈만 멀뚱거리며 입을 닫고 있었다.

짧은 침묵을 깬 사람은 바로 가온이었다.

가온이 입을 열자 별동대원들의 이목이 집중되었다.

"따로 유인을 해서 각개격파를 하면 어떻겠습니까?"

"각개격파?"

"성체들은 몰라도 경험이 적은 새끼 2마리는 유인할 수 있을 것 같습니다. 그쪽은 제가 처리를 할 테니 이페이 경께서는 전투에 적합한 지형으로 성체들을 유인해서 다른 전사들과 함께 처리하는 겁니다."

오우거에게 불리하고 인간에게 유리한 지형은 놈이 무기로 사용할 수 있는 바위나 나무 들이 없는 곳이다. 그런 곳에서는 완력을 포함한 본신의 능력만 사용할 수 있기에 타이탄으로 어느 정도는 감당할 수 있었다.

가온의 의견에 이페이는 성체 2마리라면 타이탄 세 기와 전사들의 지원을 통해서 사냥을 할 수 있다고 판단했다.

"새끼 오우거들을 정말 유인할 수 있겠소?"

"몇 번 해 봤습니다."

가온의 대답에 이페이는 물론이고 그의 팀원들의 동공이 커졌다.

"오, 오우거 사냥을 해 봤다고?"

"네. 서너 번 정도 됩니다."

이페이는 새삼 가온이 마수와 몬스터가 들끓는 깊은 산맥 속에 위치한 작은 시티 출신이라는 사실을 떠올릴 수 있었다.

'그런 곳이라면 당연히 마수와 몬스터 들이 많을 것이고 이 친구의 실력에 베타급 타이탄 라이더라면 당연히 오우거도 사냥해 본 경험이 있겠지.'

생각해 보니 놀랄 일이 아니었다. 자꾸 미끈하고 어려 보이는 얼굴 때문에 헷갈리지만 가온은 규모야 어떻듯 한 시티의 정예 전사였을 것이다.

"부탁하겠소. 우리가 성체들을 죽일 때까지만 견뎌 주시오!"

가온이 어떻게 새끼 오우거들을 유인할지는 알 수 있지만 가능하며 경험도 있다는 말에 이페이는 부탁을 할 수밖에 없었다.

'알파급 타이탄 세 기로는 성체 2마리도 부담스럽기는 하지만 그래도 넷보다는 둘이 낫지.'

그래도 마법사도 있고 나머지 전사들이 지원을 해 줄 테니 이쪽은 어떻게든 성체 오우거들을 처리할 수 있을 것이다.

'최대한 빨리 두 놈을 죽이고 지원해야 해!'

이페이는 그간의 사냥 경험을 떠올리며 마법사와 다른 전사들을 최대한 활용할 계책을 짜기 시작했다.

오우거 가족이 자리를 잡은 산기슭.

사냥은 같이했지만 성체들은 다 자란 새끼들의 독립을 자극하기 위해서 먹이를 나눠 주지 않았다.

당연히 아직도 성장 중인 새끼들은 배가 고플 수밖에 없었고 부모가 좋은 시간을 보내고 있을 때 작은 동물이라도 잡아먹으려고 돌아다니고 있었다.

하지만 새끼들은 부모가 사냥한 동물들을 쉽게 사냥할 수가 없었다. 공포에 질리기는 했지만 초식동물들은 도망치는데 선수들이었다.

타고난 사냥 감각과 뛰어난 신체 능력이 아니었다면 새끼들은 쫄쫄 굶어야 했을 것이다.

하지만 사냥에 성공했다고 해도 오우거의 영역에서 떠나지 않는 놈들은 몸집이 너무 작았다. 먹어 봐야 사냥하는 데들어간 에너지를 쉽게 채우기 힘들었다.

그렇게 사냥에 많은 에너지가 소모되는 만큼 새끼들은 늘배가 고픈 상태였다.

그런 새끼 오우거들을 유인하는 것은 어렵지 않았다. 아공간에 챙겨 둔 오크 사체를 놈들과 적당히 떨어진 곳에 꺼내

둔 다음 카오스로 하여금 놈들만 피 냄새를 맡을 수 있도록 해 달라고 하면 끝이다.

성체들은 걱정할 필요가 없었다. 독립이 머지않을 정도로 장성한 새끼들이라서 부모도 놈들의 행동에 신경을 쓰지 않고 그저 다음 새끼를 가지기 위해 좋은 시간을 보내고 있었기 때문이다.

새끼 오우거들은 연신 코를 벌름거리며 타이탄이 피 떡으로 만든 오크 사체를 찾아오더니 서로 다투면서 오크 사체를 뜯어먹었다.

'걸렸네!'

놈들의 후각이 간신히 미치는 거리마다 오크 사체를 놔두면 끝이다.

마지막 장소는 물이 차 있는 커다란 웅덩이.

그곳에는 특별히 10마리의 오크 사체를 꺼내 놓았다. 마지막 가는 길에 배라도 부르라고 말이다.

그리고 놈들이 마지막 식사를 마치는 순간 은신을 풀고 전격을 방출했다.

항마력이 높고 경험이 많은 성체들이라면 어떻게 해서든 물웅덩이를 나가려고 했겠지만 이런 경험이 없는 새끼들은 속절없이 감전된 상태로 몸부림을 치다가 쓰러지고 말았다. 전격 마법이라면 마나의 한계로 인해서 계속 유지할 수 없지만 마누는 그런 한계가 없었다.

가온은 성체만큼 자란 새끼 오우거들의 사체를 잘 챙겼다. 언제 어떻게 쓸지 알 수 없으니 말이다.

한편 별동대도 조금 늦게 오우거 사냥을 시작했다.

감각이 아주 예민한 오우거지만 유일하게 접근이 가능할 때가 있었다. 바로 놈들이 번식행동을 하고 있을 때였다. 그때만큼은 경계심이나 감각이 최저 수준이 되어 버리는 것이다.

의도한 것은 아니지만 운 좋게 성체 오우거들이 그 짓을 하고 있을 때 별동대가 전력을 다해 놈들이 있는 숲으로 달렸다.

한창 성교 중이었지만 오우거는 오우거. 놈들은 인간의 체취가 짙어지는 것을 감지한 순간 음흉맞은 미소를 지으며 입맛을 다셨다.

결합을 풀고 느긋하게 인간들을 기다리는 오우거들은 키가 10미터가 넘었고 우락부락한 근육을 가지고 있었다.

타이탄을 경험했다면 즉각 대비 태세를 갖추었을 테지만 오랫동안 한 영역에서 지내다가 새끼들 때문에 먹잇감이 줄어들자 다른 곳을 찾아 나온 녀석이기에 인간은 맛있는 간식이라고 간주하고 느긋하게 움직였다.

덕분에 별동대는 놈들을 포위하는 데 성공했다.

첫 공격은 마법이었다.

"슬로!"

항마력이 높은 오우거를 상대로는 거의 의미가 없는 마법이지만 별동대에게는 아주 짧은 시간이 필요했다.

"플레임 월!"

지원조 두 명이 마탑에서 지원해 준 스크롤 중 하나를 동시에 찢는 순간 강력한 마법이 구현되어 거대한 화염이 오우거들을 휘감았다.

화르르르.

쿠어어어!

꾸에에엑!

느긋하게 인간들의 공격을 기다리다가 화염에 휩싸인 오우거들이 발광을 하는 동안 실드 스크롤을 찢은 전사들이 놈들을 향해 일제히 쇄도했다.

파악!

그들이 노리는 곳은 바로 오우거의 발목. 마나가 깃들었거나 검기가 일렁이는 검들이 일제히 통나무처럼 굵은 오우거들의 발목을 파고들었다.

오우거는 강력한 생체보호막을 가지고 있었기 때문에 절반에 해당하는 검들은 발목 피부에도 닿지 못했지만 생체보호막이 깨지는 순간 날아든 나머지는 달랐다. 가죽은 물론 뼈까지 파고들었다.

쿠웨웩!

몸을 휘감은 화염으로 인해 눈앞이 온통 시뻘겋게 변한 상태에서 강력한 열기에 고통스러워하던 오우거들은 발목을 파고드는 검날에 격통을 느꼈다.

작전대로 오우거의 발목에 일검을 먹인 전사들은 3분의 1 정도 잘린 발목을 확인하곤 재빨리 뒤로 물러났다.

이제 자신들이 할 수 있는 최선을 다한 것이다. 나머지는 타이탄들이 맡아 줄 테니 안전지대로 물러나야만 했다.

그사이에 세 타이탄 라이더는 동화까지 무사히 끝냈는데, 지난번과는 무장이 달랐다.

조엘의 타이탄은 등에 지고 있던 거대한 방패를 들었고 판토스의 타이탄은 왼손에는 라운드실드를 들고 오른손으로는 거대한 전투 도끼를 들었다.

마지막으로 이페이의 타이탄은 대검을 들었는데 벌써 마나를 주입했는지 푸른색으로 물들어 있었다.

아쉽게도 오우거의 몸을 휘감았던 화염은 이제 사라지고 있었고 오우거들은 오금이 저릴 정도로 강렬한 살의(殺意)를 담고 있는 눈빛으로 인간들을 쓸어보고 있었다.

하지만 이번에도 행동은 인간 측이 빨랐다.

"슬로!"

마법사인 벤이 또다시 슬로 마법을 펼쳤고 다른 두 지원조도 슬로 마법이 내장된 스크롤을 찢었다.

평상시의 오우거라면 불과 3초 내외만 적용되겠지만 화염과 발목이 덜렁거릴 정도의 중상을 입은 지금은 2배 가까운 시간 동안 적용될 것이다.

마법이 구현되는 것과 동사에 세 타이탄이 오우거들을 향해 쇄도했다. 판토스는 암컷을 향해, 그리고 조엘과 이페이는 몸집이 훨씬 더 큰 수컷을 향해 달려갔다.

안 그래도 분노로 인해 돌아 버린 암컷 오우거는 자신을 향해 달려오는 존재를 감지하고 전력을 다해 팔을 휘둘렀는데 주먹은 어느새 오러로 덮여 있었다.

꽈앙!

강력한 충격음과 함께 판토스의 타이탄에 10여 미터 뒤로 날아갔는데 그의 왼손에 들렸던 라운드 실드는 가운데가 움푹 들어가 있었고, 강철 팔이 손상을 입었는지 터져 나간 부위도 있었고 팔목 부분이 살짝 비틀려 있었다.

하지만 판토스는 금방 일어났다. 타이탄이 손상을 입었지만 두꺼운 강판으로 인해서 라이더는 무사했다.

놈은 거대한 인간이 자신의 주먹에 맞았음에도 다시 일어나는 모습에 더욱 격노했는지 조금 멀리 떨어져 있는 나무로 달려가더니 나무를 뽑으려고 했다.

빠르게 재생이 되고는 있지만 발목이 3분의 1가량 잘리는 바람에 빠르게 움직일 수 없어 무기를 사용하려는 것이다.

하지만 오우거까지는 아니더라도 트롤은 몇 차례나 사냥을 했던 노련한 전사들이 그냥 두고 볼 리가 없었다.

슈슈슈슝!

전사들은 어느새 들고 있는 석궁의 볼트를 발사했다. 워낙 목표가 크기도 하지만 거리가 가까워서 볼트를 목표한 지점에 꽂아 넣을 수 있었다.

파파파팟!

나무를 뽑으려던 암컷 오우거는 날카로운 볼트들이 무릎 뒤편에 박히자 강력한 통증에 자신도 모르게 무릎을 꿇었다. 무릎 부위에 집중된 신경이 손상을 입은 것이다.

암컷 오우거는 신경질적으로 무릎 뒤에 박힌 화살들을 손으로 잡아서 뺐지만 다시 나무를 다시 뽑으려는 시도는 할 수 없었다.

그런 오우거를 향해 쇄도한 판토스의 타이탄은 가운데가 움푹 들어간 라운드실드로 공격을 막으면서 전투 도끼로 공격을 가하고 있었다.

한편 이페이와 조엘의 타이탄은 수컷 오우거와 치열한 공방전을 벌이고 있었다.

주로 조엘이 거대한 방패를 이용해서 오우거의 공격을 막거나 흘리는 순간 이페이의 타이탄이 검기가 생성된 대검을 휘두르며 공격을 했다.

수컷 오우거는 암컷이 부상을 입었다는 사실에 격노했지만 두 타이탄을 금방 쓰러뜨릴 수가 없었다.

쿠에에엑!

피어를 내지르며 공격을 했지만 강철 인간들은 놈의 화를 돋우기만 했다.

크기는 자신보다 작은 강철 인간들은 자신의 공격을 절묘하게 막거나 흘리면서 생체보호막은 물론 질긴 가죽을 베거나 찌를 정도로 위험한 검을 휘두르고 있었다.

수컷 오우거는 이제까지 제대로 된 상대를 만난 적이 없었다. 어떤 생물이든 힘과 능력으로 손쉽게 죽일 수 있었기 때문이다.

그래서 상황이 마음대로 되지 않자 연신 피어를 내지르며 전력을 다해서 강철 인간들을 공격했지만 놈들은 절대로 놈의 공격에 맞상대를 하지 않았다.

무엇보다 거대한 방패로 몸을 가린 강철 인간이 문제였다. 전력으로 내지른 주먹이나 발길질이 방패에 닿기 일보 직전에 방패를 비틀어서 충격을 흘리기 일쑤였다.

그렇다고 계속 전력을 다해 공격할 수도 없었다.

호시탐탐만 기회만 엿보는 또 다른 강철 인간은 트롤이나 샤벨타이거 정도는 되어야 자신의 몸에 만들 수 있는 상처를 내고 있었다.

오우거들은 답답했지만 인간 측도 답답하기는 마찬가지였다.

그동안 경험과 작전을 통해서 오우거들을 제대로 묶어 두고는 있지만 제대로 된 치명상을 입히질 못하는 상황이다.

'이대로 가면 우리 쪽이 불리해!'

타이탄 조종실에 앉아 있는 이페이의 얼굴은 딱딱하게 굳어 있었다.

지구력 등 타고난 육체 능력과 재생 능력을 바탕으로 몇 시간이고 싸울 수 있는 오우거와 달리 타이탄의 기동 시간은 기껏해야 20분이 한계다.

전사들이 석궁으로 보조한다고는 하지만 알파급 타이탄으로는 오우거에게 치명상을 가할 수 없었다. 특히 수컷 오우거는 예상보다 훨씬 더 강한 개체였다.

'하아! 이놈들을 처리하고 도와주겠다고 약속했는데…….'

불가능한 것은 알지만 가온이 빨리 새끼들을 처리하고 도와주었으면 좋겠다는 생각이 들었다.

가능성이 전혀 없는 기대는 아니었다.

'부디 나보다 강자이길!'

지금은 가온이 유일한 희망이었다.

⟨⟩

전력을 다해서 두 오우거와 싸우기 시작한 지 10분이 넘어가자 이페이는 진지하게 후퇴를 고려하고 있었다.

'1마리였으면 지금쯤 죽였을 텐데.'

알파급 타이탄 두 기로는 수컷 오우거를 죽이는 건 역시나 무리였다.

탱커로서는 최고의 전력인 조엘이 놈의 공격을 잘 흘리거나 막아 주었기 때문에 꽤 많은 공격을 성공시켰지만 높은 재생 능력을 가진 수컷 오우거에게는 치명상이 아니었다.

암컷 쪽도 상황은 마찬가지였다.

전사들은 물론 마법사를 포함한 정비 조원들까지 일제히 달려들어 판토스를 보조하고 있었지만 치명상을 입히는 데는 실패했다.

결국 타이탄의 움직임이 느려진다는 사실을 인지한 이페이는 후퇴하기로 결심했다.

'마정석을 교체할 여유도 없어!'

만약 그럴 여유가 있다면 끝까지 해 보겠지만 벌써 타이탄의 동력이 바닥을 보이고 있었다.

이런 경우를 대비해서 타이탄 라이더들은 강력한 빛을 방출하는 배리어 마법이 내장된 스크롤을 지참하고 있다. 그것을 찢으면 강렬한 빛이 방출되어 오우거의 눈을 잠시나 멀게 할 수 있었고 배리어는 놈의 공격을 한두 차례 막아 줄 것이다.

라이더는 그사이에 타이탄과의 동화를 끊고 나올 수 있었다.

그 이후 오우거로부터 도망을 치는 문제가 남아 있지만 타이탄을 그냥 세워 두고 도망을 칠 경우 성공률이 아주 높다. 오우거가 덩그러니 남은 타이탄을 상대로 한참 동안 화풀이를 하기 때문이다.

아쉬운 일이지만 타이탄을 아공간 아이템을 이용해서 회수하려고 하면 죽은 목숨이나 다름없다. 오우거는 생각보다 훨씬 더 민첩했기 때문이다.

'돌아가면 최소 몇 년은 좌천을 각오해야겠네.'

타이탄은 전략무기다. 알파급도 한 기당 20만 골드는 주어야 하는 귀한 타이탄을 무려 세 기나 잃고 돌아가면 엄중한 문책을 받을 것은 당연했다.

그래도 처음에 목격된 것과 달리 오우거가 4마리라는 점을 어필하면 조금은 가벼운 징계를 받을 수 있을지 모른다. 지금 경우처럼 알파급 타이탄 세 기로는 오우거 4마리는커녕 2마리도 상대하기 힘들었기 때문이다.

거기에 이제까지 암컷을 잘 상대하고 있던 판토스가 갑자기 위험해졌다.

이번에는 암컷 오우거의 주먹질로 인해서 팔목 부분이 부서지면서 라운드실드를 놓친 상태로 뒤로 날아갔다. 전투에 집중하느라고 타이탄의 가동 시간을 체크하는 것을 놓친 것이다.

암컷 오우거는 그동안 자신을 옥죄었던 타이탄에 대한 원한 때문인지 득달같이 타이탄을 향해 달려갔는데 거대한 주먹은 두꺼운 오러로 휘감겨 있었다.

"오러 피스트!"

얼마나 화가 났는지 오우거라도 오래 사용할 수 없는 오러 피스트를 발현했다.

소드마스터의 전유물인 오러 블레이드에 비견되는 오러 피스트는 무엇이든 부숴 버릴 수 있는 강력한 위력을 가지고 있었다.

이제 겨우 검사를 뽑아낼 수 있는 이페이라도 감히 맞상대할 수 없는 오러 피스트였다.

경호성을 지른 이페이가 달려가려고 했지만 이미 늦어서 암컷 오우거의 주먹은 벌써 조종실이 있는 타이탄의 가슴을 향해 떨어지고 있었다.

"안 돼애!"

이페이와 전사들이 비명처럼 절규할 때였다. 저 멀리에서 새하얀 선이 암컷 오우거까지 이어졌다.

퍽! 쾅!

강력한 폭발음과 함께 암컷 오우거의 머리통이 부서진 검편과 함께 산산조각이 나면서 주먹을 들고 있는 그 자세로 굳었다가 잠시 후 힘없이 쓰러졌다.

"무, 뭐지?"

주위를 둘러보는 사람들의 눈에 빠르게 커지는 물체가 들어왔다.

"타이탄이다!"

"베타급이야!"

"온 훈 경의 타이탄이 틀림없어!"

타이탄이 맞았다. 키가 7미터가 훌쩍 넘는 타이탄이 엄청난 속도로 달려오고 있었다.

'대검을 던진 건가? 그런데 저거 베타급 타이탄이 맞아?'

이페이는 자신이 수컷 오우거를 상대하고 있는 중이라는 사실도 잊어버릴 정도로 경악했다. 자신의 애기(愛機)인 '로라' 역시 베타급이지만 저렇게 빠르게 달릴 수는 없었다.

이페이나 그와 비슷한 생각을 하며 정신을 쏙 빼고 있는 조엘에게는 너무나 다행하게도 수컷 오우거의 주의는 어느새 근처에 도착한 새로운 강철 인간에게 쏠려 있었다.

자신의 오랜 배우자의 머리를 산산조각 내서 죽인 원수에게 말이다.

우어어어!

분노와 슬픔이 가득한 피어를 내지른 수컷 오우거가 이제막 전장에 도착한 가온의 타이탄을 향해 내달렸다.

그때부터 키가 7미터가 넘는 강철 거인과 키가 10미터가 넘는 오우거 사이에는 치고받는 치열한 육탄전이 벌어졌다.

꽝! 퍽! 꽝! 퍽!

둘은 거대한 몸을 가지고 있음에도 불구하고 전사들은 공방을 제대로 알아보기 힘들 정도로 빠르게 주먹질과 발길질을 교환하고 있었다.

그런 주먹과 발에는 선명한 오러가 생성되어 있었다. 오러 피스트까지는 아니지만 그에 근접하는 위력을 가진 권기였다.

눈앞에서 펼쳐지는 강철 거인과 오우거의 육탄전이 너무 압도적이어서 사람들은 넋을 놓고 그 치열한 전투를 지켜볼 수밖에 없었다. 끼어들 여지가 전혀 없었기 때문이다.

"미친!"

지켜보던 이페이는 믿을 수가 없었다. 자신 역시 베타급 타이탄을 운용하고 있지만 검기를 만든 상태에서는 채 15분도 버티지 못한다.

타이탄이 마나를 증폭시켜 준다고는 해도 타이탄이 워낙 거대해 마나 소모량이 엄청났기 때문이다.

그런데 가온이 타고 있는 타이탄은 아까 먼 거리에서 대검을 던져서 폭발시와 같은 비결로 암컷 오우거의 머리통을 산산조각 냈음에도 불구하고 10분이 넘게 검기에 해당하는 권기를 사용해서 오우거를 상대하고 있었다.

그나마 다행한 것은 공방이 너무 빨라서 수컷 오우거가 오러 피스트를 사용하지 못한다는 점이다.

그런데 놀랍게도 공방은 오래지 않아 끝이 났다. 수컷 오우거가 누적된 대미지를 견디지 못하고 안면부가 함몰된 상태로 결국 쓰러져 버린 것이다.

"하아! 이걸 믿으라고?"

쓰러진 오우거는 이미 숨이 끊어진 상태였는데 온몸이 시퍼렇게 변색되어 있었다. 강력한 힘이 깃들어 있는 주먹과 발에 맞아서 그 두껍고 질긴 가죽에도 불구하고 피멍이 든 것이다.

특히 안면 부위는 얼굴이라고 묘사하지 못할 정도로 엉망이었다. 인간을 포함해서 동물의 뼈 중 두개골과 함께 가장 강하다는 안면 뼈가 박살이 난 것이다.

비록 검술은 볼 수 없었지만 정말 두려울 정도로 강력한 격투술을 보여 준 타이탄 라이더다.

'아무리 베타급 타이탄이라도 단독으로 오우거를 사냥했다는 말은 듣지 못했는데.'

이페이는 이해할 수 없는 결과에 한동안 넋을 놓고 있다가 결국 가온이 자신보다 몇 단계는 뛰어난 타이탄 라이더임을 인정하고서야 겨우 정신을 차렸다.

임무를 완수한 이페이 팀은 오우거들을 도축해서 증거로 오우거의 귀와 마정석을 챙겼다.

막대한 가치의 부산물을 얻을 수 있는 오우거 사체들을 넣을 수 있는 아공간 아이템도 없거니와 마수나 몬스터를 사냥한 증거로 귀를 챙기는 것은 아이테르 차원의 오랜 전통이었다.

그 과정을 지켜보던 이페이가 가온에게 물었다.

"참 새끼 오우거들은 어떻게 되었소?"

"당연히 처리를 했지요."

가온은 잘라 온 새끼 오우거들의 거대한 귀를 이페이에게 내밀었다.

"경이 우리 별동대에 합류한 것이 정말 다행이오. 후유! 경이 아니었으면 사냥은 고사하고 우리 별동대 중 몇 명이나 살아서 시티로 귀환했을지……."

이페이는 진심으로 가온의 합류에 감사했다. 가온이 아니었다면 오우거들을 상대할 시도조차 하지 못했을 테니 말이다.

거기에 잘 싸우고 있었지만 치명상을 입히지 못하고 결국 타이탄의 피해를 감수하고 도망치려고까지 했었던 순간을 생각하면 지금 상황은 그야말로 기적이나 다름없었다.

그때 도축을 감독한 조엘이 마정석 두 개를 챙겨서 가지고 왔다.

"둘 다 주고 싶지만 일단 하나만 받아 주시오. 돌아가면 상부에 알려서 충분히 보상하겠소."

이페이는 미안함을 감추지 못하는 얼굴로 최상급 마정석 하나를 내밀었다. 등급 외인 수컷 오우거의 것이 아니라 암컷의 것이었다.

"새끼들의 마정석을 챙겼으니 이건 안 주셔도 됩니다."

가온의 말에 잠시 희색이 되었던 이페이는 이내 고개를 흔들었다.

"아니오. 원칙대로 하면 경이 둘 다 가져야 하지만 보고와 함께 시티에 제출해야 하기에 마정석을 하나 챙긴 것이오."

이페이는 욕심을 부리지 않았다. 아무리 등급외 마정석이 가치가 높다고 한들 가온의 마음을 사는 것과는 비교도 되지 않았다.

'무려 베타급. 그것도 나보다 훨씬 뛰어난 라이더를 서운하게 할 수는 없지.'

그냥 뛰어난 기량을 갖춘 용병이 아니라 혼자 오우거를 격살할 정도의 베타급 타이탄 라이더라는 사실이 알려지면 시티 측에서도 어떻게든 영입하기 위해서 온갖 수를 쓸 것이 분명했다.

소용없는 짓이라고 생각하지만 만약 시티 전사단에 들어오게 되면 자신과 대등한 위치나 윗줄에 놓일 것이 분명했다. 아니, 굳이 그런 정치적인 의도가 아니더라도 타이탄 세기를 지켜 준 은혜를 생각하면 욕심을 내서는 안 된다.

"그럼 받겠습니다. 그리고 사체도 챙기고 싶은데 가능하겠습니까?"

암컷이야 머리통이 날아가 버렸지만 수컷은 구울로 만들

고 싶었다.

"경이 잡은 것이니 당연히 그래야지. 경 덕분에 돌아가는 동안 마음이 아주 가벼울 것 같소."

"별말씀을요."

임무를 마치고 시티로 복귀하는 별동대의 분위기는 올 때와는 완전히 달랐다. 알파급 타이탄 세 기에 베타급 타이탄 라이더까지 있으니 마수와 몬스터는 걱정할 필요가 전혀 없었기 때문이다.

가온을 대하는 전사들의 태도도 확 바뀌었다. 이페이부터 '경'이라는 칭호를 붙여서 대우를 하니 그 아래의 전사들이야 당연히 그것을 따를 수밖에 없었다.

물론 이페이 때문에 전사들의 태도가 바뀐 것은 아니었다. 자칫 위태로울 수 있었던 자신들을 구해 주었을 뿐 아니라 강한 무력을 숭상하는 전사들의 입장에서는 아무리 용병이라고 할지라도 베타급 타이탄 라이더인 가온을 존중할 수밖에 없었다.

덕분에 가온은 이틀에 걸친 복귀행에서 아주 편하게 지낼 수 있었다.

유일하게 난감했던 것은 밤에 아니테라로 은밀하게 건너가야만 했다는 것 정도였다. 이페이의 간곡한 권유로 함께 밤을 지내야만 했기 때문이다.

그가 그런 권유를 한 목적이 있었다.

"온 경, 혹시 타이탄 전사단에 들어오지 않겠소?"

"타이탄 전사단요?"

"타이탄 라이더들로만 구성된 특수한 전사단이오. 나이, 경력, 출신과 상관없이 상급 전사장의 모든 것을 누릴 수 있소. 내성의 중급 규모의 저택, 월 1천 골드의 급여, 유사시 전사 1천 명의 지휘권 등 많은 것을 향유할 수 있네. 물론 타이탄과 관련된 개인 정비 요원 3명도 포함되고."

"현재 인원이 얼마나 됩니까?"

보수나 복지 내용은 관심이 전혀 없지만 그건 궁금했다.

"베타급 라이더 일곱 명을 포함해서 총 32명이오."

시중에 떠도는 얘기보다 숫자가 더 많았다. 그만큼 비밀리에 운영되고 있다는 증거였다.

"일단 전사단에 들어오면 타이탄을 기동할 때 필수적인 상급 마정석은 걱정하지 않아도 되오. 연습 기동에도 마정석이 공급되니까."

"아쉽지만 따로 할 일이 있어서 입단하는 건 어렵겠습니다."

"대체 할 일이 뭐요?"

"그건 저희 시티의 비밀이라서……."

"경의 실력이면 수십 년 이내에 열두 마녀에서 출시할 것이 확실한 감마급 타이탄을 배정받을 수 있을 텐데 정말 아쉽군."

이페이는 가온이 타이탄 전사단이 받는 처우에 대해서 들었음에도 아무 관심을 보이지 않자 작전을 달리하기로 했는데, 감마급 타이탄까지 언급했지만 가온의 마음을 움직일 수는 없었다.

"지금은 특별한 임무를 받고 나온 상황이라서 거취를 결정할 수가 없습니다. 아직 임무를 해결할 단초조차 얻지 못한 상황이라서요."

어딘가에 소속될 마음은 애초부터 없었거니와 소속에 따른 메리트가 전혀 없었다.

"정말 안타깝군. 그럼 시티 측의 의뢰를 최우선으로 고려해 줄 수 있겠소? 사냥 대회를 열었음에도 웨어울프와 회색 늑대의 위험이 아직 해결되지 않았다고 들었소. 조만간 그와 관련된 임무가 떨어질 것 같소."

"그렇게 하겠습니다."

아마 기동력 때문에 쉽게 해결하지 못하는 것 같은데 녹스의 공간 이동 능력을 활용하는 자신에게는 어려운 일이 아니다.

아, 맡은 의뢰가 하나 있었다.

"다만 이미 받은 지명 의뢰가 있습니다."

"뭐요?"

"상급 아카데미 학생들의 실전 훈련을 도와 달라는 의뢰였습니다."

"음. 그거라면 상관이 없을 것 같소. 아주 의외의 장소에 서까지 웨어울프와 회색 늑대 들이 나타나고 있는 현실을 감안하면 아카데미 학생들의 실전 훈련은 실시되지 않을 테니까."

하긴 시티 측에서 안전을 자신했던 고대 유적지 인근에서도 웨어울프가 출현했으니 더 이상 안전지대는 없다고 봐도 될 것이다.

아무리 상급 아카데미라고 해도 성을 지킬 최소한의 병력만 남기고 전사들이 모두 출동한 이런 상황에서 실전 훈련을 감행할 수는 없었다.

'그럼 마탑의 전대 탑주와 독대할 수 있는 기회도 날아갔군.'

이렇게 되면 이페이가 알려 준 고대 유적을 찾아가는 편이 나을 것 같았다.

'일단 며칠만 기다려 보자.'

지금 당장이라도 고대 유적지로 향하고 싶지만 반드시 경유해야 할 숲이 위험하다니 만약의 상황에 대비해서 전력을 증강할 필요가 있었다. 그리고 그 전력은 바로 베타급 타이탄이다.

'라이더는 역시 엘프족 대전사장들이 좋겠지.'

소드마스터가 라이더라면 타이탄의 전력은 사람들이 알고 있는 것보다 훨씬 더 강력해진다. 물론 해당 타이탄이 이곳,

아이테르 차원의 장인과 마법사 들이 만든 것이 아니라 벼리와 파넬 그리고 모라이족이 만들었기에 더욱 강력하지만 말이다.

타이탄 전사단 탄생

이틀 후 무사히 시티로 복귀한 가온은 용병 길드에 들러 이페이가 직접 서명한 의뢰 완수서를 제출하는 것으로 일을 마쳤다.

"어? 출성한다고 하지 않았습니까?"

뒤늦게 로랑 지부장이 나타났다.

"일정이 좀 늦추어졌네. 상황이 좀 변해서 전사들만으로 해결이 가능한 모양이야."

가온은 그 이유가 잠재적인 위협이었던 오우거들을 정리했기 때문임을 알고 있었지만 굳이 얘기하지는 않았다.

"전사들과 동행하느라 고생했네. 그런데 그동안 지명 의뢰가 몇 개 들어왔네."

로랑이 약속했던 보수를 지급하면서 자연스럽게 물었다.

"일 때문에 당분간 시티 밖에서 지낼 생각입니다."

가온의 목적과 상관이 없는 의뢰는 더 이상 할 생각이 없었다.

'엘프 전사들을 대상으로 타이탄 기동훈련을 해야겠어.'

어젯밤에는 달라붙는 이페이로 인해서 아니테라에 다녀오지 못했지만 이미 베타급 타이탄 열 기는 완성되어 있었다.

"하긴. 시티 내에 있으면 제대로 쉬지 못할 걸세."

"네? 무슨?"

"베타급 타이탄 라이더라지?"

"그걸 어떻게?"

그렇게 묻기는 했지만 대답을 듣지 않아도 알 수 있었다. 별동대장인 이페이가 종종 시티 측과 통신을 했던 모습이 떠올랐다.

오우거 사냥에 성공한 직후 이페이가 통신기를 통해서 시티 측에 알렸을 것이고 시티 수뇌부와 깊은 끈이 있는 로랑 지부장도 알게 되었을 것이다.

"아는 사람은 다 알고 있네. 헌터국장은 당장이라도 자네를 타이탄 전사단으로 영입하겠다고 잔뜩 흥분했다고 하네. 어때? 아직도 용병으로 활동할 생각은 있나?"

사실 가온과 같은 강자, 그것도 희귀한 타이탄 라이더라면 용병이 아니라 전사로 엄청난 명예와 부를 손에 거머쥘 수 있었다.

"들으셨는지 모르겠지만 저는 아니테라 시티에서 특별한 임무를 받고 나왔습니다. 임무를 제대로 수행하려면 이곳에 묶여서는 안 됩니다. 시티 고위층이 움직이면 난감한 상황이 벌어질 테니 당장 떠나는 편이 낫겠군요. 혹시 다른 시티 지부에도 아시는 분이 있다면 소개를 부탁드립니다."

가온은 일이 귀찮아질 것 같은 예감에 곧바로 이곳을 떠나기로 마음을 먹었다.

"잠깐! 잠깐만 기다리게! 굳이 그러지 않아도 되네."

"무슨 의미입니까?"

"시장이라면 모를까 시티 고위층이라고 해도 우리 길드 소속에 압박을 가할 수는 없네. 안 그래도 제대로 된 정보도 없이 사냥대회를 열어서 얼치기들이지만 용병들이 많이 죽고 다쳐서 시티 측에서는 우리 길드에 할 말이 없네. 만약 귀찮게 하면 내가 직접 나서서 해결하지."

"그렇군요."

"그래도 자네가 알펜 시티에 있는 동안에는 은근한 회유가 꾸준하게 이어질 걸세. 그건 각오해야 하네."

그 정도야 어느 정도는 생각하고 있었다.

"해서 말인데 아예 시티의 의뢰를 받는 건 어떤가?"

"어떤 의뢰를 말입니까?"

"새로운 지원대에 합류하거나 사냥 대회에 참가했다가 웨어울프 무리에 포위된 이들을 구출하는 임무 그리고 아직도 토벌이 되기는커녕 수가 계속 늘어나는 웨어울프와 회색 늑대의 숫자를 예전처럼 줄이는 내용의 의뢰지."

"혼자 움직여도 됩니까?"

"그건 상관이 없고 현재 위험에 처해 있는 사람들을 구출하면 1인당 30골드, 회색 늑대 1마리당 50실버, 웨어울프 1마리당 50골드를 걸었네."

돈이 부족한 것이 아니었고 타이탄 훈련을 하기로 작정했기에 별로 마음에 동하지 않았다.

가온은 거절하려다가 순간 떠오른 생각에 마음을 바꾸었다.

'아니테라에는 마수나 몬스터가 없으니 차라리 이참에 이곳에서 타이탄 실전을 경험하도록 하는 것도 나쁘지 않겠네.'

자신의 경험에 따르면 엘프족 대전사장들이 타이탄에 적응하는 데 그리 오랜 시간이 필요하지는 않을 것이다. 버튼과 스틱으로 조종하는 알파급 타이탄보다 오히려 베타급 타이탄은 적응하는 데 시간이 많이 필요하지 않았다.

열 기 정도라면 놈들이 도망치지 못하도록 포위할 수 있으니 훈련을 하는 김에 사냥을 하는 것도 나쁘지 않았다.

그때 로랑이 자신의 의견을 추가했다.

"시티의 의뢰를 받았다고 하면 누구도 귀찮게 하지 못할

예지몽으로
히든랭커

걸세. 물론 다음을 노리고 귀찮게 하는 치들도 있을 테지만 그 정도는 내가 처리해 주지."

"좋습니다. 그렇게 하지요."

"처리조를 딸려 주겠네. 이건 그쪽과 통하는 통신기네. 사람을 구출했을 경우에는 굳이 부를 필요가 없지만 사냥이 끝나고 부르면 되네."

부산물을 처리하는 이들이야 지난번에 던전을 공략할 때 동행한 적이 있었다.

가온은 귀찮았지만 일단 통신기를 받아 들었다.

'심플하네.'

손바닥 안에 잡히는 통신기는 단방향이라서 그런지 작동 버튼 하나만 부착되어 있었다.

가온이 받은 통신기는 송신 전용이고 처리조장이 가지고 있을 통신기는 수신 전용일 것이다. 즉, 일방적인 통신만 가능했다.

"그럼 바로 출발하겠습니다."

"이 저녁에 말인가?"

"밖에서 밤을 보내고 내일부터 사냥을 하겠습니다. 인적이 드문 지역을 맡도록 하지요. 추천할 방향을 안다면 일러 주십시오."

"위험한 것이야 당연히 북쪽 일원이지만 서쪽은 지원대나 구출대가 파견되지 않아서 위험할 수 있네. 일을 끝내고 제대로 쉬지도 못했을 텐데 미안하네."

길드장이 미안해할 일은 아닌 것 같았지만 그의 진심이 전해졌다.

"괜찮습니다."

가온은 그 말을 남기고 용병 길드에서 나와 곧바로 시티의 서문을 빠져나왔다.

당연히 그의 목적지는 아니테라였다.

벼리로부터 마침내 베타급 타이탄 열 기가 완성되었다는 소식을 들었기에 당장 타이탄 공방으로 건너갔지만 이미 밤이라 공방은 문이 닫힌 상태였다.

할 수 없이 집으로 향한 가온은 자다가 나온 아레오와 아나샤로부터 뜨거운 환영을 받았다.

'요즘 타이탄에 정신이 팔려서 제대로 챙기지 못했네.'

가온은 미안한 마음에 오랜만에 술자리를 마련해서 두 사람의 수련과 관련한 고충도 듣고 일부는 해결도 해 주면서 의미 있는 시간을 보냈다.

다음 날 아침, 가온은 일찌감치 식사를 한 후 두 여인을 데리고 전사단으로 향했다. 아레오와 아나샤도 타이탄을 구경하고 싶어 했기 때문이다.

"헤루스!"

막 훈련을 시작하려는 듯 다들 연무장에 집합해 있었는데 연단에 올라가 있던 대전사장들이 가온의 모습을 보고 바람같이 달려왔다.

"오랜만에 오셨네요. 두 분도 잘 지냈나요?"

시르네아가 대전사장들을 대표해서 인사를 해 왔다.

"대전사장들과 함께 갈 곳이 있습니다. 얘기는 가면서 하도록 하지요."

아레오와 아나샤가 대전사장들과 제대로 인사를 나누지도 않았음에도 가온은 서둘렀다.

대전사장들은 전사장들에게 지시를 하고 바로 그의 뒤를 따랐다. 가온의 표정이 무척 진지했기 때문이다.

가온은 타이탄 공방으로 향하면서 타이탄에 대해서 자세한 설명을 해 주었다.

"맙소사!"

"헤루스의 말씀대로라면 자신의 현재 경지보다 최소 한 단계 이상의 실력을 발휘할 수 있는 거 아닌가요?"

"한 단계가 아니라 두 단계는 되지."

물론 알파급 타이탄으로는 그럴 수는 없었다.

하지만 이들이 타게 될 타이탄은 베타급, 그것도 고대 문명이 남긴 명품이었다.

"정말 그런 기계 전사가 존재한단 말입니까?"

이미 타이탄의 존재를 알고 있는 아레오와 아나샤도 잔뜩 기대하고 있을 정도이니 타이탄에 대해서 처음 들은 엘프 대전사장들의 반응은 그야말로 폭발적이었다.

　전사단에서 타이탄 공방까지는 거리가 꽤 되었지만 다들 인간을 초월한 능력을 가지고 있었기에 빠르게 이동할 수 있었다.

　그렇게 도착한 타이탄 공방의 한쪽에 있는 타이탄 훈련장은 그동안 가온이 한 기동훈련으로 인해서 바닥에 무수한 발자국이 찍혀 있었다.

　가온은 먼저 자신의 타이탄인 데이브레이크를 소환했다.

　"저, 정말이었어!"

　"왠지 압도되는 것 같은걸."

　"저 거대한 강철 인간을 타고 전투를 한다고요?"

　가온의 설명을 들은 엘프족 대전사장들과 아레오 그리고 아나샤는 체고가 무려 7미터가 넘는 거대한 타이탄을 직접 보면서도 믿을 수가 없다는 표정을 짓고 있었다.

　"탑승하는 것부터 보여 줄 테니 마나로 감각을 안력을 강화해서 지켜보라고."

　가온은 해치라고도 부르는 탑승구의 개방부터 동화 그리고 조종실 중앙에 뜬 상태로 몸을 움직여서 동화된 타이탄을 조종했다.

　시르네아를 위시한 현 대전사장 열 명은 소드마스터답게

감각을 최고조로 끌어 올려 가온이 심안 스킬을 발동한 상태와 비슷하게 그 과정을 면밀하게 지켜보았다.

'이제부터 마나를 사용하지 않은 상태의 타이탄 전력을 보여 주지.'

사람들에게 의념을 보낸 가온은 마나를 사용하지 않고 타이탄을 움직였다. 걷고 달리고 도약하는 일상적인 움직임에 이어서 체술과 검술을 펼치고 마지막에는 거대한 암석들을 상대로 타이탄의 타격 능력을 보여 주었다.

꽈앙!

주먹질 한 방에 거대한 화강암 덩어리가 산산조각이 나 버렸다.

'어, 엄청나네!'

마나를 사용하지 않은 상태에서 저 정도의 위력이라니!

사람들은 본격적으로 마나를 사용했을 때의 타이탄을 떠올리며 몸을 부르르 떨었다.

'이제 마나를 사용했을 경우를 보여 주지. 유념할 건 마나를 사용하면 가동 시간이 확 짧아진다는 거야.'

그렇게 의념을 보낸 가온이 본격적으로 마나를 사용해서 타이탄을 가동하자 지켜보던 사람들은 입을 다물지 못했다. 강철 인간의 대검에서 무려 10미터가 넘는 거대한 오러 블레이드가 생성되었기 때문이다.

가온은 그 상태로 철월검술을 시전했고 다들 소드마스터

였던 만큼 그 위력을 제대로 실감할 수 있었다.

그리고 그렇게 참관한 결과는 한 가지였다.

'짧은 시간이지만 두 단계 이상의 무위를 발휘할 수 있어!'

그 생각을 하자 엘프 대전사장들의 가슴이 뛰었다.

상황에 따라서 다르지만 벽을, 하나도 아니고 두 개나 넘었을 때의 감각을 경험해 볼 수 있다는 것은 무인의 성장에 엄청난 영감과 동기부여를 준다. 짧게나마 경험해 본 것과 아닌 것은 큰 차이가 있는 것이다.

그렇게 사람들이 넋을 놓고 타이탄을 황홀한 눈으로 지켜보는 가운데 가온이 동화를 해제하고 밖으로 나왔다.

"잘 봤나?"

"넵!"

엘프들의 대답에는 강한 군기와 함께 숨길 수 없는 기대감이 가득했다.

"앞으로 각자가 탈 타이탄을 소개하지."

가온은 옆 주머니에서 카드 열 장을 꺼내 엘프 대전사장들에게 나눠 주었다.

"이건 타이탄을 수납할 수 있는 전용 카드야."

이것 역시 벼리와 파넬이 타이탄 제조창에 있던 서적들에 기록된 내용을 바탕으로 제작한 것으로 파넬의 높은 마법진 지식이 아니면 만들 수 없었을 것이다.

"카드 위에 피 몇 방울을 떨어뜨리는 것으로 각인 의식이 끝날 거야."

엘프 대전사장들은 홀린 듯 손가락에 상처를 내어 핏물을 떨어뜨렸고 카드는 이내 빛과 함께 활성화되었다.

"이제 '소환'이라고 외쳐 봐."

가온이 시킨 대로 하자 엘프들은 눈앞에 나타난 7미터의 강철 거인들을 볼 수 있었다.

가온의 타이탄과 비슷한 디자인과 외모였지만 자세히 보니 조금씩 달랐다.

선 자세가 아니라 마치 탑승을 기다리는 것처럼 한쪽 무릎을 꿇고 있었는데, 가슴 부위에 있는 탑승구가 열려 있었다.

'이게 바로 내 타이탄!'

대부분 하이엘프여서 일반 엘프보다 더 감정 변화가 없는 엘프 대전사장들의 얼굴에는 참을 수 없는 희열이 넘쳐흐르고 있었다.

"자, 이제 타이탄 조종 훈련을 시작하지. 일단 방어구를 벗고 타이탄에 탑승해 봐."

엘프 대전사장들은 잔뜩 상기된 얼굴로 가온이 시키는 대로 방어구를 홀러덩 벗어 버렸다.

'우욱! 미치겠네!'

남자들이야 아무렇지 않았지만 가온이 지구에서 구해다 준 팬티와 브라탑만 착용한 여성 엘프들의 헐벗은 모습은 잠시 가온의 눈을 사로잡았다.

엘프족답게 타고난 미모와 함께 오랫동안 수련과 실전으로 인해 만들어진 군살 하나 없는 근육질의 굴곡진 몸매가 곁들여지자 정말 환상적이었다.

그녀들의 몸에는 아레오와 아나샤에게는 거의 느낄 수 없는 건강미가 느껴졌다.

보통 때라면 시르네아를 비롯한 여성 대전사장도 그런 가온의 뜨거운 시선을 눈치챘겠지만 지금은 타이탄에 홀딱 빠진 상황이라 전혀 느끼지 못했다.

"흥!"

여성 엘프들의 아름다운 얼굴과 몸매에 잠시 정신이 팔려 있던 가온은 아레오와 아나샤의 코웃음에 정신을 차렸다.

"크험! 그, 그냥 보여서……."

"뭐 우리 눈에도 보기 좋으니 그냥 넘어갈게요. 그런데 우린 타이탄을 안 줄 거예요?"

"맞아! 우리도 하나 가지고 싶어요."

"미안하지만 타이탄은 전사용이라서 말이야."

"쳇! 그런 줄은 알고 있었지만 왠지 분해요!"

"맞아! 마법사 전용 타이탄이 있으면 좋을 텐데."

아레오와 아나샤는 아쉬워하면서도 어쩔 수 없이 상황을 받아들였다.

"훈련을 시작한다니 우리도 돌아가서 수련할게요. 일찍

들어오실 거면 콰르 고기를 구워 먹을까요?"

"콰르는 굽는 것보다 찜이지. 매콤하게 해 놓을 테니 어제처럼 가볍게 한잔해요."

두 여인은 맛도 좋고 영양분도 풍부할 뿐 아니라 마나까지 증진시켜 주는 콰르 고기를 무척 좋아해서 올 때마다 몇 덩이씩 주곤 하는데 그래도 가장 맛있는 요리는 가온이 돌아왔을 때나 해 먹었다.

그렇게 두 여인이 돌아간 후 본격적인 타이탄 조종 훈련이 시작되었다.

엘프 대전사장들은 무사히 타이탄에 탑승했고 동화 과정을 거쳐서 손발을 움직여 보는 것으로 훈련을 시작했다.

'나와는 좀 다르네.'

기동을 시작하고 얼마 후부터 자연스러운 움직임이 가능했던 가온과 달리 엘프 대전사장들이 탑승한 타이탄들은 마치 처음 걷는 아기처럼 연신 넘어지고 헛되어 손과 팔을 흔드는 등 미숙한 부분이 많았다.

'아마 동화율 때문이겠지.'

그래도 달리 소드마스터가 아닌 듯 마나를 사용하지 않은 상태에서는 30분이 넘게 가동할 수 있었고 가동 시간이 끝나갈 무렵에는 걷는 것은 꽤 자연스러워졌다.

타이탄들이 멈추고 안에서 나온 엘프들은 온몸이 땀에 푹 젖어 있었지만 얼굴은 흥분으로 인해 잔뜩 상기되어 있었다.

가온은 땀에 푹 젖은 대전사장들 중 시르네아와 데루나를 보고 자신도 모르게 잠시 넋을 잃고 쳐다보다가 이내 시선을 돌렸다.

같은 속옷 차림이지만 지금은 온몸이 땀으로 젖은 상태라서 팬티를 통해 선명하게 음부의 모습과 브라탑 위로 도드라진 유두까지 볼 수 있었기 때문이다.

"어멋!"

그제야 가온의 뜨거운 시선을 의식한 여성 엘프들은 얼굴이 터질 것처럼 붉어졌고 일부는 가슴과 사타구니를 손으로 가렸지만, 시르네아와 데루나가 몸을 가릴 방어구를 찾는 시늉을 하면서 가슴이나 엉덩이가 드러나는 포즈를 느릿하게 취하는 것을 보고 그녀들도 같은 포즈를 취했다.

사실 땀을 너무 흘린 상태라서 방어구를 입을 수도 없었다.

바르덴과 롭 등 남자 대전사장들은 동료들의 그런 짓에 눈꼴시다는 얼굴이 되었지만 이내 가온의 반응을 주시했다.

그들 역시 엘프족의 미래를 위해서는 엘프 대전사장 중에서 가온의 마음을 사로잡는 이가 나와야 한다는 사실을 잘 알고 있었다.

게다가 성욕이나 이성에 대한 특별한 감정을 거의 느끼지 못하는 하이엘프의 특성으로 인해 여성 대전사장들에게 특별한 감정을 가진 이들도 없어서 질투 대신 누가 헤루스인 가온의 마음을 끌지 자못 궁금했다.

하지만 가온은 이미 마음의 동요를 가라앉힌 상태였다.

"자, 다들 다시 타이탄을 타고 싶겠지만 타이탄을 조종하는 것은 생각보다 많은 심력과 체력이 요구된다. 그러니 오늘은 일단 몸을 씻고 전사단으로 돌아가서 충분히 쉬도록."

타이탄 공방에는 용광로도 설치될 예정이기에 강 옆에 자리를 잡고 있어서 씻을 곳은 가까웠다.

"그럼 언제 다시 훈련을 하나요?"

시르네아가 정말 기대가 된다는 듯 손에 들고 있는 방어구를 흔들면서 물었는데 덕분에 또다시 도드라진 유두와 땀에 젖어 외형이 그대로 보이는 팬티를 노출하는 바람에 가온은 자신도 모르게 얼굴을 붉히며 시선을 돌려야만 했다.

"내일 아침 식사를 마치고 이곳으로 오도록 해. 내일은 오전과 오후에 한 번씩 두 번 훈련을 할 거야. 매일 조금씩 훈련 시간을 늘려야 몸과 정신에 부하가 안 걸리고 최상의 상태를 유지할 수 있어."

"헤루스, 그럼 저희 실전은 언제 해요?"

이번에는 데루나가 물었는데 그녀 역시 땀에 젖은 자신의 모습은 신경을 쓰지 않고 오히려 보라는 듯 시르네아보다 큰 가슴을 앞으로 내밀었다.

"그건 그대들에게 달렸다. 충분히 훈련이 되었다 싶으면 실전은 아이테르 차원으로 건너가서 할 예정이야. 아! 타이탄에 전용 아공간 카드를 대고 '수납'이라고 마음속으로 외치면 수납이 될 거야."

엘프 대전사장들이 가온이 시킨 대로 타이탄들을 수납하자 그들을 씻으라고 강 쪽으로 보낸 가온은 집으로 달려갔다.

자극을 받아서 그런지 그녀들이 너무 그리웠다.

그녀들은 수련을 막 시작했을 테지만 너무 큰 자극을 받은 상태라 어쩔 수 없었다. 그녀들의 몸으로 열기를 식혀야만 했다.

가온의 뒷모습을 쳐다보던 시르네아는 자신도 모르게 가온을 맞이할 아레오와 아나샤가 부럽다는 생각을 했지만 이내 정신을 차렸다.

"온 님의 능력은 대체 어디까지일까?"

"그러게요. 본신의 능력도 엄청난 분이 이런 강철 인간까지 만들 수 있는 능력까지 가지게 되었으니 정말 드래곤일까요?"

"온 님이 드래곤이든 아니든 우리완 아무 상관이 없어 우리가 믿고 따르는 만큼 우리를 챙겨 주시는 분이라는 점이 중요할 뿐이지. 이 강철 인간도 우리와 우리 일족이 충성하는 것에 대한 작은 보상이라고 할 수 있지. 우리 일족의 운명이 그분에게 걸려 있으니 우리가 최선을 다해서 실망하지 않도록 해야 해."

바르덴을 위시한 남성 대전사장들은 충심(忠心) 하나만 품고 있었지만, 일족 장로들의 설득도 있었거니와 이성으로서 연정을 품고 있는 시르네아와 데루나 등 여성 대전사장들의 눈빛은 복잡하기만 했다.

정오도 되기 전에 돌아온 가온이 그날 내내 아레오와 아나샤를 괴롭히는 해프닝이 있기는 했지만 다음 날부터는 정상적인 훈련이 시작되었다.

기동훈련은 열흘 동안 지속되었고 엘프 대전사장들은 초인의 반열에 오른 소드마스터답게 베타급 타이탄에 어느 정도 적응을 했다.

"오늘에서야 본신의 대략 5할 정도의 움직임이 가능해졌습니다."

루틴을 가장 먼저 마치고 타이탄에서 나온 바르덴이 땀에 젖어 증기를 발산하는 몸으로 잇몸을 보이며 활짝 웃었다.

처음 탑승했을 때 걷는 것조차 어려웠던 것과 비교하면 지금은 그야말로 아기에서 성인이 된 것이나 다름없었다.

이제 세 번까지는 연속 기동이 가능해졌고 하루에 다섯 번까지는 기동할 수 있게 되었다. 뿐만 아니라 마나를 사용하지 않을 경우에는 가온보다 10여 분 정도 빠르지만 대략 1시간가량 타이탄을 기동할 수 있게 되었다.

"마나 증폭률이 엄청나요!"

"타이탄은 정말 대단해요! 다음 경지가 어떤 것인지 확인할 수 있었어요."

바르덴 다음으로 오늘 훈련 루틴을 마치고 뒤따라 나온 시르네아와 데루나는 오늘은 마나를 최대로 증폭해서 사용해 봤기에 더욱 흥분한 상태였다.

"이제 본격적으로 활동을 시작해 보도록 하지."

"넵!"

잇달아서 타이탄에서 나온 엘프 대전사장들은 드디어 타이탄을 기동해서 사냥을 한다는 사실에 전신이 땀에 젖어 있다는 것도 인지하지 못하고 소리쳐 대답했는데 가온은 눈을 둘 곳을 찾지 못했다.

'미치겠네!'

미모를 따지면 아레오와 아나샤를 압도하는, 그래서 미의 요정이라고 해도 과언이 아닌 시르네아와 데루나 등 여성 엘프들은 속옷이 푹 젖은 매력적인 몸으로 심신을 들뜨게 만드는 기이한 체향을 강렬하게 발산하고 있었다.

아무튼 복장이 어떻든 대전사장들은 오늘 마나를 최대로 증폭시켜서 사용해 봤기에 엄청나게 흥분한 상태였다.

'흥분할 수밖에.'

평균적으로 베타급 타이탄의 마나 증폭률 4배이며 라이더의 마나를 45% 반영한다는 점을 고려하면 본신의 마나량 대비 두 배가 넘는 마나를 운용할 수 있었으니 이들의 흥분은 당연했다.

'그런데 왜 나까지 이렇게 흥분되는 거지?'

흥분하는 이유는 전혀 달랐다. 가온의 경우 마치 경쟁을 하듯 나날이 디자인과 색상이 바뀌는 여성 엘프들의 속옷 차림에 자극을 받고 있으니 말이다.

하지만 그것도 이제 곧 끝이다. 가온이 미루고 미루다가 결국 모라이족 장인들에게 타이탄 라이더 전용의 내의를 주문했다.

'그동안 눈이 호강하긴 했지.'

좀 더 일찍 주문할 수도 있지만 자신도 남자라고 더 보고 싶다는 생각이 결정을 늦춘 것이다.

훈련이 끝난 것을 확인한 예비 대전사장들이 모여들었다. 그들은 며칠 전부터 참관을 허락받았는데 시간이 지나면서 타이탄을 타고 싶은 욕구가 증폭되고 있었다.

"헤루스, 저희에게도 이 강철 인간, 아니 타이탄을 배정해 주시는 거 맞지요?"

예비 대전사장들의 리더라고 할 수 있는 로딕이 긴장한 얼굴로 마른침을 삼키더니 조심스럽게 물었다.

"이곳 시간으로 두 달이 지나면 여러분이 탈 타이탄이 모두 완성될 예정이야. 그 전이라도 내가 시간이 나면 건너와서 지금처럼 타이탄 조종 훈련을 시켜 주도록 하지."

벼리가 이끄는 장인들은 일주일에 한 기씩 생산하고 있기 때문에 이미 한 기는 완성되었지만 형평성을 고려해서 숫자가 모두 채워지면 훈련을 시킬 예정이다.

가온의 약속을 들은 예비 대전사장들은 활짝 웃었다. 세 동료가 타이탄을 기동하는 모습을 참관하면서 너무나 부러웠었다.

가온은 말이 나온 김에 나머지 예비 대전사장들에게도 타이탄과 관련된 지식들을 자세하게 전달했다.

"그럼 저희가 운용할 타이탄은 외형은 베타급이지만 실제로는 베타보다는 높고 감마보다는 좀 낮은 수준이군요."

예비 대전사장들 중 타이탄에 가장 큰 관심을 드러내는 로딕이 물었다.

'그러고 보니 다른 대전사장들보다 몸이 좀 왜소하네.'

로딕은 여성 대전사장들과 비슷할 정도로 키가 작고 몸도 많이 마른 편이니 어쩌면 성장기 동안 왜소한 몸 때문에 스트레스를 많이 받아서 웅장한 타이탄에 반했는지도 모르겠다.

"맞아. 그리고 말이 나와서 말인데 혹시 엘프족에는 타이탄 제조나 수리에 관심이 있는 사람은 없을까?"

가온이 스물에 달하는 대전사장들을 둘러보며 물었다.

더 많은 타이탄을 생산하려면 장인의 숫자가 늘어나야만

했다. 분업화가 더 진행되어야만 하는 것이다. 그리고 손재주가 뛰어나면서도 어떤 상황에서도 차가운 이성으로 침착하게 자신의 일을 수행하는 엘프는 모라이족만큼은 아니지만 그 일에 적합했다.

실전

손재주가 뛰어나서 아니테라에서 없어서는 안 될 존재가 된 모라이족 말고도 차후 타이탄을 전력의 한 축으로 삼고 자 하는 가온의 목표를 달성하기 위해서는 인구가 가장 많 은 엘프족에서 장인의 길을 걷고자 하는 이들이 많이 나와 야만 했다.

'정교한 작업을 할 수 있는 인력이 더 필요해!'

어제 벼리가 새로운 타이탄이 완성되었다는 소식을 전하 면서 함께 일하는 30여 명의 모라이족 장인들이 과로로 쓰러 질 것 같다는 얘기를 전해 왔다.

제대로 쉬지도 못하고 타이탄 제작에 매달리다 보니 피로 가 누적된 것이다.

"있어요! 마법진 연구를 하는 그룹도 있고 금속을 다루는 그룹도 몇 개 있다고 들었어요!"

"동족들에게는 희한한 취미를 가졌다는 말을 듣는 그들이지만 타이탄을 보면 아마 미칠 거예요!"

그게 사실이라면 다행하게도 모라이족 장인들이 받는 과부하를 해결할 수 있을 것 같았다.

"나와 대전사장들은 곧바로 아이테르 차원으로 가 봐야 할 것 같으니 로딕이 책임지고 원하는 이들을 선발해서 타이탄 제조창으로 보내 줘."

말처럼 쉬운 일이 아니다. 일단 장로들에게 보고를 하고 허락을 받아야 하며 본인들의 의향을 확인하는 과정까지 거쳐야만 했기 때문이다.

"몇 명이나 선발할까요?"

"인원 제한은 없어. 아니, 많으면 많을수록 좋아!"

앞으로 타이탄 전사단을 본격적으로 양성할 계획을 하고 있기 때문에 타이탄 생산량을 더 끌어 올릴 필요가 있었다.

재료 걱정은 할 필요가 없었다. 고대 유적지에서 챙긴 부품은 엄청난 양이었다. 게다가 부족하면 사면 된다.

"알겠습니다. 제가 맡아서 처리하겠습니다."

자신만만한 얼굴로 대답을 하는 로딕을 쳐다보며 고개를 끄덕이던 가온은 그동안 놓치고 있었던 것을 떠올리고 있었다.

'상급 마정석이 어마어마하게 필요하겠네.'

일단 파넬이 한 번 기동하는 데 필요한 마정석을 줄이거나 등급이 낮은 마정석을 활용하는 부분을 연구하고 있지만 어떤 결과가 나올지 알 수 없으니 일단 사냥을 통해서 상급 마정석을 최대한 확보해야만 했다.

물론 탄 차원이나 아이테르 차원과 달리 아니테라에서는 상급 마정석을 완충시키는 데 한 달 정도면 되니 충분한 숫자만 확보되면 더 이상 마정석 수급은 걱정할 필요가 없을 것이다.

'던전을 공략해야겠어.'

상급 마정석을 가장 빨리, 그리고 대량을 구할 수 있는 장소는 던전뿐이다.

'어? 그러고 보니 좀 이상하네.'

시티 측은 물론이고 용병 길드 지부장이 이해하지 못할 정도로 웨어울프와 회색 늑대가 빠르게 늘어나는 상황은 확실히 이상했다.

그렇다고 알펜성 주위가 회색 늑대나 웨어울프가 특별하게 혹할 조건이나 환경을 가지고 있는 것도 아니다.

'그럼? 아! 던전이다!'

감이 왔다. 알펜 시티 근처에 웨어울프와 회색 늑대 들이 나오는 던전이 열린 것이다.

시티 측이나 용병 길드에서는 웨어울프와 회색 늑대 들이 워낙 오래전부터 아이테르 차원에 자리를 잡았으며 종종 시티 주위에 출현했다는 점 그리고 포식자로 추정되는 트롤과 오우거의 출현으로 인해 제대로 판단을 못 내리고 있지만 가온은 놈들이 던전에서 나왔다고 확신했다.

'상급 마정석을 챙길 좋은 기회야!'

웨어울프는 중상급 혹은 상급 마정석을 준다. 그러니 모조리 때려잡아야만 했다.

'더불어 타이탄 기동훈련도 하고.'

아주 좋은 기회였다.

마침 라이더 전용 내의까지 생산되기 시작해서 개인적으로는 좀 아쉬웠지만 혹시 모를 다른 사람들의 눈을 의식할 필요도 없었다.

사냥은 간단했다. 정령들이 웨어울프와 회색 늑대 무리를 발견하면 먼저 녹스의 공간 이동 능력을 이용해서 엘프 대전사장들이 소환한다.

그럼 그들이 빠르게 이동해서 계획대로 전 방향을 틀어막고 가온과 함께 포위망을 좁히는 것이다.

당연히 가온과 엘프 대전사장들은 타이탄에 탑승했고 멀리에서도 보이는 거대한 타이탄을 발견한 웨어울프와 회색 늑대 들은 맞서 싸우는 것은 처음부터 포기하고 도망치려고 했다. 도저히 싸울 의욕이 나질 않는 상대였기 때문이다.

하지만 그건 처음부터 불가능했다. 소드마스터들이 탑승하고 있는 타이탄은 키가 7미터가 넘는 거대한 몸을 가지고 있었지만 엄청나게 빠르게 달릴 수 있었다.

웨어울프 1마리와 100여 마리의 회색 늑대를 상대로 검을 쓸 필요는 없었다. 그저 발로 차서 멀리 날려 보내는 것으로도 충분했다. 그 충격으로 뼈는 물론 내장이 모두 터져 나갔다.

도망을 치지 않는 놈들은 여지없이 도약을 해서 관절부를 물어뜯으려고 했지만 그런 놈들은 더욱 참혹한 죽임을 당했다.

마나가 담기지 않았지만 강철 주먹에 맞으면 형체를 알아볼 수 없을 정도로 온몸이 으스러졌다.

그나마 변신한 웨어울프는 뛰어난 육체 능력에 더해서 송곳니와 발톱에 검기와 비슷한 오러를 두를 수 있었지만 그 정도로는 타이탄을 어쩌지 못했다.

소드마스터들이 탑승한 베타급 타이탄이 놈의 공격을 순순히 허용할 리도 없었다.

결국 웨어울프까지 다져진 육포가 되어 버릴 때까지는 그리 오랜 시간이 필요하지 않았다. 아무리 높은 재생 능력을 가졌다고 해도 뇌와 심장까지 터져 버린 상태에서는 살아날 수가 없었다.

"에잇!"

웨어울프의 마정석을 적출한 가온은 실망한 얼굴이 되었다. 기껏해야 중상급에 해당하는 마정석이었기 때문이다.

상급 마정석을 가진 놈들도 있겠지만 처음 생각과 달리 그리 많지 않을 것 같았다.

타이탄 한 기를 운용하는데 필요한 경비는 1천 골드 내외의 상급 마정석 열 개로 최소한으로 잡아도 1만 골드다.

중상급 마정석은 판매 기준으로 대략 300골드 내외라는 점을 고려하면 적어도 웨어울프를 40마리는 잡아야 본전이 되는 것이다.

웨어울프 40마리면 회색 늑대 4천 마리를 상대해야 한다는 것인데 타이탄을 만날 경우 싸우기보다는 도망을 선택할 거라는 점과 알파급 타이탄의 주력으로는 회색 늑대들을 제대로 쫓을 수 없다는 점까지 고려하면 출동할수록 적자가 누적될 것이다.

한마디로 가성비가 너무 안 좋았다.

'이러니 시티 측에서 타이탄 전사단을 웨어울프 사냥에 투입하지 않는 거군.'

타이탄은 한 번 기동하는 데 상급 마정석 열 개가 필요한 반면 얻는 것은 고작 중급에서 중급 마정석에 불과하니 피해가 누적되고 있음에도 타이탄 투입을 꺼리는 것이다.

'그러고 보니 몇 년에 한 번씩 발생하는 몬스터 웨이브에서 큰 위력을 발휘하는 방어 마법진이나 마나포 등에도 상급

마정석이 필수적이라고 했지.'

그 생각을 하니 시티 지도부의 난감한 상황을 이해할 수 있었다.

'우리야 사냥을 한다기보다는 타이탄 기동훈련이 목적이니 상관이 없지만.'

그래도 기동력이 뛰어난 회색 늑대를 쫓아다니다 보니 타이탄들의 기동 능력도 함께 올라가는 효과가 있었다.

열한 기의 타이탄이 사냥을 하는 동안 카오스와 마누 그리고 카우마는 부지런히 날아다니면서 웨어울프와 회색 늑대 무리를 찾아다녔다.

그렇게 목표를 발견하면 곧바로 녹스가 공간 이동을 시켜주었기 때문에 가온과 엘프 대전사장들은 타이탄의 가동을 중간에 멈추지 않을 수 있었다.

처음에는 육중한 타이탄을 가동해서 회색 늑대들을 사냥하는 재미에 푹 빠졌던 엘프들은 30분 정도가 지나자 지루함을 느끼기 시작했다.

모습을 보이는 즉시 도망을 치려고 하는 회색 늑대를 쫓아서 죽이는 단순한 사냥이었기 때문이다.

그나마 웨어울프는 상대할 맛이 났지만 그래 봐야 무리 중 한 마리에 불과했다. 타이탄에 탑승한 후 한 번도 마나를 증폭해서 사용해 보지도 못했다.

몰이사냥을 하고 싶어도 무리 간의 간격이 너무 멀어서 실효성이 없었다.

'희한하단 말이야.'

무리를 합하면 엄청난 숫자가 될 텐데 이상하게 웨어울프는 두세 마리가 함께하는 것이 고작이었다.

'놈들 사이에 유대 관계가 거의 없다는 의미인데.'

왜 이런 일이 발생했는지는 알 수 없었지만 귀찮게 되었다.

그래도 첫 번째 타이탄 가동 시간 동안 가온 일행은 총 스물여덟 무리의 웨어울프를 사냥하는 데 성공했다.

'예상은 했지만 완전히 적자네.'

타이탄 열한 기를 가동하는 데 상급 마정석 110개가 소모되었지만 결과는 웨어울프 28마리에 회색 늑대 2,800마리가 고작이다.

처리조가 수거할 가죽에 대한 판매대금 중 일부와 상급 마정석 4개, 그리고 중상급과 중급 마정석을 합해서 24개가 수익의 전부였다.

그래도 수확은 있었다. 마나를 사용하지 않아서 그런지 엘프 대전사장들의 타이탄은 1시간 가까이 기동할 수 있었다. 훈련을 할 때와 비교하면 많이 늘어난 것이다.

덕분에 엘프 대전사장들은 지칠 대로 지쳐서 소드마스터답지 않게 다리에 힘이 풀릴 정도였다.

"다들 잠시 아니테라로 가서 쉬고 있어."

시간 비율이 다르기 때문에 이곳에서는 짧은 시간이라도 아니테라에서는 충분히 피로를 풀 수 있는 것이다.

엘프들을 아니레라로 돌려보낸 가온은 다시 생각에 잠겼다.

'어쨌거나 상급 마정석을 더 많이 확보해야 해!'

일단 가지고 있는 상급 마정석의 숫자부터 확인해 봐야 했다.

'모둔!'

아직 진화가 끝나지 않았고 그녀를 어떻게 대할지에 대한 자신의 생각이 정리되지 않았기에 모둔을 소환하는 건 좀 불편했지만 어쩔 수 없었다. 얼마 전부터 마정석을 포함한 재화를 그녀가 관리하기 시작했고 아레오와 아나샤에게도 도움을 주고 있었다.

물론 가온이 시킨 것은 아니다. 정령 중 가장 큰 아공간을 가지고 있기도 하지만 모든 종류의 마나를 다루는 그녀가 원하는 일이었기에 깊이 생각하지 않고 수락했다.

"모, 모둔?"

오랜만에 모둔을 본 가온의 동공이 크게 흔들렸다.

눈앞에 나타난 모둔은 완전한 인간의 모습을 하고 있었다. 네 쌍이나 되었던 날개도 사라졌고 정령 특유의 비현실적인 분위기마저 사라졌다.

얼굴은 익숙했지만 키가 170센티미터에 이르며 굉장히 육감적인 몸매와 표정에 따라서 분위기가 바뀔 정도로 아름답고 매혹적인 20대 초중반의 아가씨가 되어 나타난 모둔은 자신의 모습이 조금 어색한지 가온의 눈치를 보고 있었다.

모둔은 밑단이 무릎까지 오는 단정한 연녹색 드레스 차림이었지만 굳이 얼굴이 아니더라도 눈처럼 하얗고 부드러운 살결과 완벽한 몸매로 인해 가온의 눈을 완벽하게 사로잡았다.

여성 엘프들도 아름다웠지만 모둔은 그야말로 미의 화신이라고 할 수 있었다.

"모둔이 맞아?"

"네, 온 님."

"어, 어떻게? 아니 이젠 완전히 인간으로 현신할 수 있는 거야?"

"네. 마음에 드세요?"

마음에 들다마다. 다른 여인들보다는 다소 풍만하지만 그래서 더욱 육감적이고 관능적인 매력을 흘리는 몸매에 무엇이든 이해해 주고, 받아 줄 것 같은 자애로운 미소가 유난히 아름다운 모둔의 미모에 홀릴 것 같았다.

"진화를 겪는 내내 걱정을 했는데 온 님의 마음에 들어서 다행이에요."

멍하니 자신을 쳐다보는 가온의 눈을 통해서 대답을 들은 모둔이 기쁜 듯 웃는데, 수없이 많은 꽃이 한꺼번에 피어난 듯 폭발적인 염기(艶氣)가 흘러나왔다.

"나, 날개는?"

"이제 날개는 필요 없어요. 녹스만큼은 아니지만 짧은 거리의 공간을 이동하는 능력이 생겼거든요."

"잘됐네."

모둔의 능력이 높아지면 결국 자신에게 이득이 되니 너무나 잘된 일이다.

"이제 전 어떻게 할까요?"

"뭘?"

"……온 님과 같이 다니고 싶어요."

꿀꺽!

가온은 자신을 쳐다보는 촉촉하게 젖은 모둔의 눈을 보고 거절당할까 두려워하는 모둔의 마음을 느낄 수 있었다. 더불어 자신에 대한 애정까지도.

모둔은 진화를 통해 물리적인 육체뿐 아니라 감정까지 완벽하게 인간으로 바뀐 것이 틀림없었다.

"그건 조금 곤란해."

"네에?"

가온의 대답에 모둔의 얼굴은 금방이라도 울 것 같았다.

하지만 가온의 다음 말에 시무룩한 표정을 짓고 있었던 모둔의 얼굴이 꽃이 만개한 듯 활짝 피어났다.

"모둔이 너무 아름답고 매력적이라서 안 될 것 같아."

지금 모둔의 모습은 남자들의 눈길을 한눈에 받을 것이다.

"아름다운 것도 정도가 있어야 하는데 모둔은 남자들을 모조리 홀려 버릴 것 같거든. 그런 상황이면 나는 질투와 불안감에 휩싸여서 아무것도 할 수 없을 것 같아."

자신의 여자가 다른 이들에게 선망의 눈길을 받는 것이야 당연히 기쁜 일이지만 그것도 정도가 있었다.

"나는 평범한 남자라고."

누구라도 도저히 눈을 뗄 수가 없을 정도로 아름다운 모둔을 다른 남자들에게 보여 주고 싶지 않았다.

아레오나 아나샤 그리고 투하란 역시 뛰어난 미인이었지만 완벽에 가까운 미모를 가진 모둔에 비하면 손색이 있었다. 다른 남자들이 자신의 여인을 반한 눈길로 쳐다보는 것에 자부심을 느끼고 좋아하는 남자들도 있겠지만 가온은 그런 유형의 남자가 아니었다.

'이렇게 아름다운 모둔을 누구에게도 보여 주고 싶지 않아.'

영혼이 이어져 있어서 그런지 모둔은 그런 가온의 생각과 감정을 고스란히 알게 되었고 울상이었던 얼굴은 자부심과 행복감으로 가득 차서 또다시 환하게 빛났다.

"호호호! 알겠어요. 아직 진화가 완벽하게 끝난 것은 아니니 당분간은 현신을 자제할게요."

모둔은 가온의 마음을 충분히 이해하고 있었다.

육체를 가지게 된 이후 모둔은 자신이 인간의 감정을 고스란히 가지게 된 사실을 확인했다. 가온에 대한 깊은 애정과 집착도 그 증거였지만 엘프 여전사들에 대한 질투심 역시 그 증거였다.

자신 역시 가온의 시선이 타이탄에서 나온 속옷 차림의 엘프 여전사들에게 닿는 것이 너무 싫었다.

그래서 알테어에게 부탁해서 탄력이 좋아서 몸에 밀착되면서도 속이 보이지 않는 소재의 실을 개발해서 모라이족에게 전해 주었다.

그 덕분에 내의가 빨리 완성되어서 엘프 여전사들은 더 이상 가온에게 자신의 속살을 보일 수 없게 된 것이다.

"그랬으면 좋겠어."

가온의 대답에 환하게 웃던 모둔이 다시 진지하고 긴장된 얼굴로 앵두와 같은 입술을 열었다.

"저, 온 님을 많이, 아주 많이 좋아해요."

"나도 모둔이 좋아."

"전 온 님의 여자인 거죠? 저도 온 랑이라고 불러도 되지요?"

"그래. 모둔은 내 여자가 맞아!"

자신은 의식이 없는 상태에서 벌어진 일이지만 모둔이 자신으로 인해 모종의 변화를 겪게 되었다면 책임을 회피할 생각은 없다. 그저 모둔이 정령이기에 어떻게 대해야 할지 알지 못해서 당황스러웠을 뿐이다.

가온의 힘찬 대답을 들은 모둔이 그의 품으로 뛰어들었다.

'아!'

품에 안긴 모둔의 허리에 두 손을 감은 가온은 그 어떤 꽃향기보다 짙은 모둔의 체향과 연체동물처럼 부드러운 그녀의 몸을 느끼면서 가슴이 뛰었다. 마치 아레오와 아나샤를 사랑하게 된 그때처럼.

가온과 모둔은 너무나 자연스럽게 서로를 끌어안은 상태로 키스를 나누었다.

'이런 여자를 어떤 남자가 거부할 수 있겠어.'

키스를 나누는 동안 순간적으로 아레오와 아나샤에게 죄책감을 느낀 가온은 미안하지만 그렇게 생각할 수밖에 없었다.

"그러니까 모둔이 상급 마정석의 충전 속도를 높일 수 있다고?"

가온은 여전히 모둔을 끌어안고 있는 상태에서 물었다. 그녀로부터 믿을 수 없는 말을 들었기 때문이다.

"네. 원래 제 능력이 모든 종류의 마나를 받아들여서 저장을 하거나 가공할 수 있는 것이잖아요. 당연히 가능하죠."

"얼마나 빨리?"

"개당 1분 정도면 가능해요. 거기에 새로 채워지는 마나의 순도가 높아서 효율은 이전보다 더 올라갈 거예요. 앞으로는 따로 얘기하지 않아도 사용한 상급 마정석을 바로바로 충전 해 둘게요."

이건 완전히 미쳤다.

'이렇게 되면 더 이상 상급 마정석 걱정을 할 필요가 없겠어!'

모둔이 보유하고 있는 상급 마정석은 정확하게 5,742개라는 점도 만족감을 배가시켰다. 베타급 타이탄 570기를 한 번에 기동할 수 있는 분량이었다.

'드래곤이 그렇게 많이 가지고 있을 줄은 몰랐지.'

가온에게 허락을 받은 모둔은 일명 드래곤 아공간에 보관되었던 모든 물품을 인수받았고 모두 정리를 해 두었는데 상급은 그 정도였고 등급 외는 무려 894개에 달했다.

'그래도 부족하긴 하네.'

20명의 대전사장에 더해서 200명 정도로 추산되는 전사장들까지 타이탄을 지급하면 한 번 움직이는 데 무려 2,200개나 되는 상급 마정석이 필요하다.

즉석 배터리나 다름없는 모둔이 있기는 하지만 그 모두를 충전하는 데 걸리는 시간이 2,400분, 즉 40시간이 필요했다. 그러니 적어도 네 배수인 9,200개까지는 확보해 두어야만 했다.

물론 그 정도의 대군을 동원할 일은 없겠지만 그래도 미래는 알 수 없으니 이제까지 늘 그래 왔듯 준비를 해 두어야만 했다.

'정말 던전이 있으면 좋겠다!'

그런 가온의 마음을 알아차리기라도 한 것일까. 카오스가 낭보를 전해 왔다.

─적어도 A등급의 던전을 발견했어!

A등급이라면 명예 포인트는 물론이고 꽤 많은 상급 마정석을 확보할 수 있을 것이다.

"됐어!"

가온은 너무나 기뻐서 모둔을 꽉 끌어안았다. 그녀가 인간의 모습을 현신해서 그런지 좋은 일이 따라오는 것 같았다.

'온 님이 기뻐하는 모습을 이렇게 가까이에서 보고 느끼는 것이 이렇게 행복할 줄은 몰랐어.'

젖가슴이 형체를 잃을 정도로 강하게 끌어안은 가온의 가슴을 통해서 전해지는 감정을 고스란히 전달받은 모둔도 환하게 웃었다.

'이제 나도 인간이야! 온 님의 여자가 되었고.'

진화를 통해 인간의 외형을 변한 모둔은 그렇게 바랐던 가온의 마음을 얻은 것에 너무나 행복했다.

알펜 용병 길드 지부의 처리조가 모두 출동했다. 마차 40

대에 처리조원만 무려 80명이 넘는 대규모 인원이었다.

"대체 얼마나 잡았기에 처리조를 모두 부른 걸까?"

은퇴한 실버급 용병이자 이젠 네 개의 처리조 중 하나를 이끌게 된 로테마가 선두에서 말을 몰아가고 있는 다른 처리 조장인 카인트에게 물었다.

로테마는 실제 무위는 골드급 이상이며 놀랍게도 베타급 타이탄 라이더이기도 한 실버급 용병 한 명이 웨어울프를 사냥하겠다며 사흘 전 저녁 무렵에 서문 밖으로 나갔다는 말을 들었다.

"나간 지 이틀도 안 되는 데다가 불러 준 좌표도 하나같이 뚝뚝 떨어져 있고. 혼자라고 하지 않았어?"

물론 그 정도의 인물이 결과물도 없이 자신들을 불렀을 거라고는 생각하지 않았지만 스물여덟 곳이나 되는 좌표를 불러 주며 처리를 부탁했다는 말에 왠지 헛걸음을 할 것 같은 생각이 들었다.

"일단 가 보면 알겠지."

"아무리 베타급 타이탄 라이더라고 해도 말이 안 되니까 하는 말이지. 웨어울프가 꽤 영악해서 상대가 안 될 것 같으면 즉시 꼬리를 말고 도망치기 일쑤라는데 만으로 사흘도 지나지 않았는데 그 많은 곳에서 사냥을 했다는 말이 자넨 믿어지나?"

"안 믿으면 어쩌려고?"

어느새 다가온 다른 처리조장인 엔젤리카가 물었다. 그녀는 로테마가 개인적으로 가장 어려워하는 상대였다.

"안 믿는다는 게 아니라 말이 안 되니까 그러지."

엔젤리카는 얼굴을 대각선으로 가로지르는 깊은 흉터를 가진 거구의 중년 여인으로 한때 로테마가 일방적으로 좋아해서 술에 취해서 난동을 부리다가 비 오는 날 먼지가 나듯 두드려 맞은 적이 있었다.

"안 되긴 뭐가 안 돼? 소문도 못 들었어. 폭발시라고 목표에 맞는 즉시 폭발하는 화살을 쏜다고 하잖아. 게다가 마나를 사용하는 폭발시의 유효사거리가 무려 300무가 넘는다잖아. 아무리 웨어울프와 회색 늑대가 재빨라도 그런 명궁에게 걸리면 박살 날 수밖에 없지."

엔젤리카의 말에 로테마는 물론이고 카인트도 고개를 끄덕였다.

정녕 그런 비기가 있다면 웨어울프와 회색 늑대 들을 반나절 만에 스물여덟 무리를 사냥하는 것도 아예 불가능한 건 아니었다.

"좌표 사이의 거리를 보면 로테마의 의심도 일리가 없는 건 아니야."

처리조장 중 가장 나이가 많고 현역 시절 골드급이었던 토레스가 말을 몰아서 가까이 붙으며 말했다.

"그럼 토레스 조장도 온 훈이라는 용병이 성과물도 없이 우리를 불렀다고 생각하는 건가요?"

엔젤리카가 로테마의 편을 드는 것 같은 선배의 말에 얼굴을 살짝 찡그리며 물었다.

"아니. 그의 출신 시티의 이름은 처음 들어 보지만 명색이 베타급 타이탄 라이더인 그가 그럴 리는 없지."

"그럼요?"

이제 처리조장들은 물론이고 주위의 처리조원들 모두 토레스의 입을 주시했다.

"일단 우리 시티를 기준으로 생각해 보자고. 베타급 타이탄을 타는 이들을 한번 생각해 보게. 하나같이 쟁쟁한 가문 출신에 실력도 익스퍼트 중급 이상이야."

"그게 왜요?"

"온 훈이라는 인물이 무슨 임무를 받고 파견이 되었는지는 알 수 없지만 아니테라 시티에서 어떤 위상을 가졌는지 생각해 보라는 거야. 실력은 뛰어나지만 아직 젊다 못해서 어린 그런 인물을 시티에서 과연 혼자 내보낼까?"

생각해 보니 토레스의 말이 맞다. 수행할 인원도 필요하거니와 그를 도와서 모종의 임무를 수행할 전사들도 대거 동행하는 것이 상식이다.

"그럼 혼자가 아니란 얘기인가요?"

"당연하지 않나?"

생각해 보니 토레스의 추측이 맞았다.

"그럼 충분히 가능할 일이네요."

로테마도 수긍했는지 더 이상 딴지를 걸지 않았고 잠시 후 첫 목적지에 도착했다.

"허업!"

"대체 무슨 일이 일어난 거야?"

사방에는 죽은 회색 늑대의 사체들이 널려 있었는데 사체의 상태가 거대한 바위에 눌린 것처럼 뼈와 살이 모두 으스러진 포의 형태를 하고 있었고 흘러나온 피가 주위를 붉게 물들이고 있었다.

"타이탄을 가동했군."

"대체 상급 마정석을 얼마나 가지고 있기에 회색 늑대를 타이탄으로 사냥한 거지?"

처리조원들도 마정석조차 없는 회색 늑대를 타이탄으로 사냥하는 것이 얼마나 비효율적인지 알고 있었다.

"뭐 일하긴 쉽네."

포처럼 납작 눌린 사체이니 제대로 절단만 하면 쉽게 가죽을 벗겨 낼 수 있었다.

80명이 넘는 인원이 작업을 시작하자 순식간에 도축 작업이 마무리되었다.

"제대로 건질 수 있는 건 웨어울프 한 마리밖에 없네."

일반적인 웨어울프와 달리 대낮에도 활발하게 활동하는 특이한 웨어울프라서 마탑에서 연구용으로 사체를 구입하기로 했는데 높은 가격을 받을 수 있었다.

그렇게 가온이 알려 준 좌표를 따라 빠르게 이동을 하던 처리조는 시간이 갈수록 알 수 없는 인물에 대한 경외심이 높아지고 있었다.

해당 장소마다 100에서 300마리의 회색 늑대와 웨어울프 들이 처참한 모습으로 죽어 있었다.

"아무리 베타급 타이탄이라고 해도 1마리도 놓치지 않고 사냥하는 경우는 없는데……."

웨어울프의 숫자와 회색 늑대의 숫자가 정확하게 들어맞 았다. 상대가 안 된다고 판단되면 재빨리 도망을 치는 웨어 울프의 생태를 생각하면 이게 얼마나 대단한 일인지 충분히 짐작할 수 있었다.

"바닥에 찍힌 발자국을 보면 최소 다섯 기 이상이 포위를 한 후 포위망을 좁혀 가면서 사냥을 했어. 다른 인간의 흔적 은 아예 없고."

추적술에도 조예가 깊은 토레스의 말에 추적조원들은 이 무시무시한 참상을 만들어 낸 주체가 타이탄이며 최소 다섯 기 이상이라는 사실을 알 수 있었다.

"발자국의 깊이가 거의 동일한 것을 보면 타이탄이 모두 베타급이네요."

엔젤리카의 말이 사실이라면 정말 놀라운 일이다. 아니테라라는 생소한 시티가 베타급 타이탄을 다섯 기 이상 보유했다는 경악할 사실을 알려 주고 있으니 말이다.

"누군지 정말 궁금하네."

로테마가 그렇게 말했을 때, 처리조는 이미 3분의 2 이상을 처리한 상태였다.

새벽에 서문을 빠져나와 아직 해가 지려면 꽤 시간이 남은 오후임에도 그렇게 많이 처리한 것이다.

어려울 것이 전혀 없었다. 납작한 포가 되어 있는 사체들을 도축하기만 하면 되었으니 말이다. 도축하는 데 걸리는 시간보다 이동하는 데 걸린 시간이 오히려 더 길었다.

"잠깐!"

토레스가 급하게 통신기를 꺼냈다. 신호가 들어온 것이다.

"……던전이라고요?"

던전이라는 소리에 다들 놀라 손을 멈추었다.

던전

모두의 주의가 자신에게 쏠려 있다는 사실을 아는지 모르는지 토레스는 계속 통신을 했다.

"토벌을 하고 있는데도 계속 늘어나는 웨어울프와 회색 늑대의 동태가 이상하다 싶었는데 과연 던전이 생겼었군요. 당장 길드에 지원 요청을 하도록 하겠습니다."

던전은 위험하지만 제대로 공략만 하면 막대한 수익을 얻을 수 있었다. 아니 수익이 나지 않더라도 지금 이 사태가 장기화될 것을 생각하면 조속히 공략해야만 했다.

"들어가신다고요? 잠깐만요! 아무리 타이탄 라이더들이라도 다섯 명 정도로는 무리입니다!"

상대가 던전을 공략한다고 했는지 토레스가 다급하게 외

쳤다. 하지만 이내 그의 얼굴이 이상하게 변했다.

"다섯 기가 아니라 열한 기란 말씀입니까? 모두 베타급으로요? 아, 알겠습니다. 저희는 일단 시티로 돌아갔다가 더 많은 마차를 끌고 그곳으로 가겠습니다. 네! 수고하십시오!"

멍한 얼굴로 통신을 끊은 토레스는 안젤리카가 몇 번이나 몸을 흔든 후에야 정신을 차렸다.

"그게 대체 무슨 말이에요? 던전이라뇨?"

"웨어울프를 사냥하는 도중에 북서쪽의 하크란 숲에서 던전을 발견했대. 그곳에서 웨어울프와 회색 늑대 무리가 나오는 것도 확인했고."

"어쩐지 이상하더라."

"맞아. 이곳과 멀리 떨어진 건조지대의 초원에서 서식하는 놈들이 그렇게 많이 나타난 것부터가 이상했어."

"던전이 생겼다면 아귀가 맞아떨어지네."

다른 세 조장이 고개를 끄덕였다.

"베타급 타이탄이 열한 기라니 그건 또 무슨 소리입니까?"

"들은 그대로네. 베타급 타이탄 열한 기로 던전을 공략하겠다고 했네."

"미친!"

대륙의 시티 중에서 중규모로 분류되는 알펜 시티가 보유한 베타급 타이탄이 일곱 기밖에 되지 않는다는 점을 고려하면 가온이 말한 내용이 얼마나 놀라운 것인지 알 수 있었다.

아니, 심지어 처리조는 알펜 시티가 보유한 베타급 타이탄의 숫자를 더 적다고 알고 있었기에 더욱 놀랄 수밖에 없었다.

"대체 아니테라 시티가 어떤 곳이기에?"

베타급이 그 정도라면 알파급은 더욱 많을 것이다.

"마르트 산맥 깊숙한 곳에 있다는 얘기를 들었어요. 그런 곳이라면 타이탄 전력이 높다고 해도 이해할 수 있어요."

놀랐던 사람들은 안젤리카의 의견에 수긍했다. 그 정도 전력은 되어야 온갖 마수와 몬스터가 들끓는 산맥 깊숙한 곳에 자리를 잡을 수 있었을 것이다.

"당장 길드에 연락을 해야겠어."

"길드가 아니라 헌터국으로 연락해야 하는 거 아니에요?"

토레스의 말에 안젤리카가 물었다. 원래 던전을 발견하면 시티 헌터국에 신고해야만 했다.

그럼 헌터국에서 신고 보상금을 지급하고 공략 여부를 결정한 후 전사단 단독 혹은 용병을 고용해서 공략하는 것이 정해진 루틴이었다.

"우리보다 로랑 지부장이 알리는 것이 더 나을 것 같아서. 일단 증거는 없으니까."

"그렇긴 하네요. 그럼 우리는 어떻게 하죠? 일단 시티로 귀환해야 하나요?"

벌써 끌고 온 마차들은 회색 늑대의 가죽으로 거의 다 찬 상태였다. 물론 마차 위에 쌓는 것까지 고려하면 아직 여유는 있었지만.

"일단 통신부터 해 보자고."

바로 로랑 지부장과 통신을 한 토레스는 길드 차원에서 마차 100대와 급한 대로 사람을 모아서 지원조로 300명을 추가로 파견하기로 했음을 알렸다.

"지원조는 던전으로 바로 오기로 했으니 우리는 일단 나머지 좌표를 돌면서 가죽부터 처리하자고."

"알겠어요. 그런데 시티 측은 어떻게 나올까요?"

"참관은 몰라도 전사들을 동원해서 던전 공략에 합류하는 건 어려울 것 같아. 웨어울프와 트롤 때문에 전사장들 대부분이 성 밖에 나와 있는 상태이고 타이탄 라이더들도 절반은 광산이 밀집한 곳을 지키기 위해서 출성했다고 들었어. 그렇게 되면 던전 공략이 쉽지 않을 텐데."

"쉽지 않기는. 이제까지 온 훈이라는 친구가 사냥한 결과물을 안 봤나? 한 마리도 놓치지 않고 모조리 사냥해 버렸어. 모여 있으면 타이탄의 위력이 더 강력해진다는 점과 베타급 타이탄이 열한 기라는 점을 생각하면 웨어울프 던전 정도는 어렵지 않게 공략할 수 있을 것 같아."

"나도 동감이야."

"그런 강자가 우리 시티에서 오랫동안 활약을 하면 좋을 텐데, 아무래도 어렵겠지요?"

로테마와 카인트를 상대로 대화를 나누던 엔젤리카는 토레스에게 물었다.

　　"특별한 임무를 받고 시티를 나왔다니 아무래도 어렵겠지. 그 임무의 내용은 알 수 없지만."

　　"아쉽네요. 굳이 용병이 아니더라도 그런 강자들이 이곳저곳에서 활약을 한다면 세상이 다시 연결될 텐데."

　　처리조원들은 엔젤리카의 혼잣말에 동감인 듯 너 나 할 것 없이 고개를 격하게 끄덕였다. 용병으로 활약했던 자신들마저도 평생 두어 곳의 시티를 방문한 것이 고작인 현실은 답답하기만 했다.

　　주위 시티와 인적, 물적 교류가 활발해져야만 사람들의 삶이 나아질 거라는 사실은 용병들마저도 잘 알고 있었다.

　　가온이 토레스에게 전한 던전의 정보로 인해서 용병 길드와 시티 상층부가 난리 법석을 떠는 동안 가온은 열 명의 엘프 대전사장들과 던전을 빠르게 공략하고 있었다.

　　가온은 던전에 입장하자마자 정령들의 정찰과 별도로 투명날개를 장착하고 직접 날아서 던전 내의 상황을 파악했다.

　　초원 환경인 웨어울프 던전은 굉장히 넓었지만 절반 이상은 원래 있었는지 나중에 들어왔는지 알 수 없는 거대한 체구의 오크들이 장악하고 있었다.

　　'웨어울프와 회색 늑대 들은 게이트와 가까운 곳에 서식했

었나?'

웨이울프 던전이라고 생각했는데 놈들은 게이트와 가까운 곳에만 몰려 있었다.

그런데 던전 안쪽에 서식하는 오크의 몸집이 오크의 범주에서 한참 벗어났다.

'오크가 맞긴 한 건가?'

납작 눌린 데다가 하늘을 향해 뚫린 들창코와 삐져나온 송곳니로 인해서 새어 나오는 소리를 내는 그 오크들은 키가 4미터에 이르는 데다가 마치 생체갑옷처럼 단단한 근육을 가지고 있었다.

마나를 사용하는 능력도 엄청나서 단거리라도 회색 늑대의 주력을 능가했고 제 몸통 굵기의 나무를 도끼질 몇 번에 쓰러뜨릴 정도였다.

'저 정도면 트롤과도 비견되겠네.'

그렇다면 상급 마정석을 가지고 있을 가능성이 높으니 가온의 입장에서는 그야말로 복이 굴러들어 온 것이나 다름없었다.

거대 오크들은 던전의 안쪽 깊숙한 곳에 있는 드넓은 초원에 1천여 마리 정도로 추정되는 여섯 무리가 자리를 잡고 있었는데 강과 작은 호수들이 여럿 있어서 다양한 식물들이 자라고 있음에도 초식동물들은 많이 보이지 않았다.

그래서인지 거대 오크들은 게이트와 가까운 곳까지 진출

해서 사냥을 하고 있었다. 아마도 놈들은 초식동물들이 줄어들자 웨어울프의 영역에 침범한 모양이다.

곳곳에서 거대 오크 무리와 회색 늑대를 거느린 웨어울프들이 싸우는 광경을 볼 수 있으니 아마 가온의 추측이 맞을 것이다.

'일단 웨어울프와 회색 늑대 무리부터 정리하자!'

가온은 녹스의 공간 이동 능력을 이용해서 먼저 던전의 게이트에 가까운 곳까지 밀려난 웨어울프와 회색 늑대 무리부터 차례대로 사냥하기 시작했다.

타이탄 기동훈련에 이어서 실전까지 경험한 엘프 대전사장들은 이젠 자연스럽게 타이탄을 기동시키면서 본신의 실력을 어느 정도 펼칠 수 있어서 사냥은 너무나 빠르게 진행되었다.

그러는 과정에서 가온은 웨어울프들이 큰 무리를 이루지 않은 이유를 알 수 있었다. 웨어울프들은 이 광활한 초원 지대에서 넓은 영역을 설정하고 가족 단위로 살아온 것 같았다.

평소에 교류가 없으니 던전을 빠져나가서도 무리를 합치지 않았을 것이고, 웨어울프 1마리당 가족 혹은 수하와 같은 회색 늑대가 100여 마리씩 되다 보니 오랫동안 무리끼리 심한 경쟁을 하는 과정에서 원수 사이가 된 것이 아닌가 싶었다.

아무튼 던전을 공략해야 하는 가온에게는 좋은 일이었다.

"파죽지세네!"

기껏해야 웨어울프 3~4마리와 회색 늑대 300~400마리 정도는 총 열한 기나 되는 베타급 타이탄에게는 간식거리조차 되지 못했다.

굳이 마나를 쓰지 않더라도 주먹질과 발길질에 처참한 꼴로 날아가 버렸기 때문이다.

도망을 칠 수도 없었다. 감마급에 근접하는 사양을 가진 베타급 타이탄들은 가온이 거대화 스킬을 썼을 때와 비슷할 정도로 전투 능력이 높았다.

그렇게 단 하루 만에 던전에 남은 100여 마리의 웨어울프와 1만여 마리의 회색 늑대를 사냥한 타이탄들은 다음 날 본격적인 거대 오크 사냥을 시작했다.

수가 워낙 많기 때문에 이번에는 포위는 할 수 없었다. 각자 20미터 정도 간격을 두고 서서 거대 오크들을 상대하기로 했다.

"거대 오크도 별거 아니네."

달리 소드마스터가 아닌지라 벌써 타이탄과의 동화율이 50%가 넘었기 때문에 모라이족 장인들이 원래 쓰던 검을 참고해서 만들어 준 대검을 쓸 필요도 없었다. 그저 마나를 담은 주먹과 발만으로도 충분했다.

하지만 회색 늑대와 달리 거대 오크들은 타이탄의 주먹이나 발길질에도 한 방에 죽는 경우는 없었다. 생체보호막도 강력했고 타격을 받는 순간 충격을 온몸으로 흩뜨리는 기술까지 사용할 정도로 전투에 능했다.

거기에 상대가 막강한 전력을 갖추고 있다는 사실을 확인한 거대 오크들은 주 무기인 전투 도끼에 검기에 해당하는 부기(斧氣)를 만들어서 사용했고 일부 개체는 특별한 스킬로 자신의 몸집을 키웠다.

키가 대략 1미터 이상 커진 것 같았고 몸집 역시 그에 비례해서 커진 것이다.

게다가 몸집만 커진 것이 아니라 신체 능력도 함께 올라가서 도끼에 실린 힘이나 속도 역시 크게 상승했다.

그래서 처음과 달리 라이더들은 베타급 타이탄에만 있는 보호막을 가동시켜야만 했다. 놈들의 부기는 능히 타이탄의 두꺼운 장갑은 물론이고 장갑에 새겨진 마법진에 손상을 줄 수 있었다.

도망을 치려고 했던 웨어울프와 회색 늑대 무리와는 달리 죽을 때까지 투기를 잃지 않는 거대 오크의 투쟁심은 존중해 줄 만했고 숫자도 많았지만 본격적으로 마나를 사용해서 보호막을 가동시킨 타이탄들에게 유의미한 피해는 전혀 주지 못했다.

가온은 거대 오크족 주술사가 전투력을 높여 주는 버서커 주술을 거는 것도 못 본 척했다. 타이탄의 공력력과 방어력이 어느 정도인지 이 기회에 확인하고 싶었기 때문이다.

그렇게 버서커 상태가 된 거대 오크들은 이전보다 더욱 높은 능력을 보여 주었지만 크게 위협적인 것은 아니었다.

"오늘 안에 정리해야 하니까 모두 마나와 검을 써!"

가온의 명령으로 본격적으로 마나와 무기를 쓰기 시작한 베타급 타이탄의 전력은 무시무시했다. 소드마스터들답게 아주 효율적으로 검술을 구사해서 급소만을 노렸다.

몸이 가볍고 날랜 엘프족 전사들은 대개 가늘고 긴 검신을 가진 레이피어와 유사한 검을 사용했는데 양날이 있어서 찌르기는 물론 베기 공격에도 무척 효율적이었다.

거대 오크의 몸이 아무리 단단하고 가죽이 두껍다고 해도 증폭된 마나가 실린 검은 전투도끼를 부수거나 회피해서 놈들의 심장과 뇌를 헤집어 버렸다.

거대 오크는 타이탄에 비해서 숫자가 현저히 많았음에도 불구하고 포위조차 할 수가 없었다. 타이탄을 타지 않은 가온이 거대한 나무 위에서 아래쪽을 향해 빠르게 폭발시를 연사해서 그런 시도를 무력화시켰다.

거대한 강철 인간의 강력한 전투력에 있는 대로 투기를 폭발시킨 거대 오크들은 하늘에서 날아오는 화살의 기척조차 감지하지 못했다. 감각이 온통 강철 인간들에게 쏠려 있었기 때문이다.

폭발시에 맞은 오크들은 여지없이 머리통이 전부 혹은 반

예지몽으로
히든랭커

절 이상 부서진 상태로 참혹한 죽음을 맞이할 수밖에 없었고 그 덕분에 타이탄들은 포위당할 위험에서 벗어나서 자신의 기량을 최대로 펼칠 수가 있었다.

그렇게 유리하게 진행되던 전황은 거대 오크의 상층부가 등장하면서 바뀌기 시작했다.

가장 먼저 눈에 띈 것은 검은 털이 아니라 흰 털을 가진 늙은 주술사가 포함된 주술사들이었다.

주술사들이 등장하는 순간부터 거대 오크들의 움직임이 더욱 빨라지고 도끼에 실린 힘은 더욱 강력해졌다. 심지어 보호막까지 깨지는 타이탄들도 나왔다.

다섯 주술사는 전황이 바뀌기 시작하자 곧바로 자신들을 둘러싸는 반구체의 보호막을 생성했는데 가운데 자리한 늙은 주술사의 손이 움직일 때마다 타이탄의 움직임이 뭔가에 걸린 것처럼 멈칫거렸다.

가온은 그 현상의 이유를 정확하게 알 수 있었다.

"염동력을 쓰는 주술사라니!"

사기를 높이고 투기는 물론 잠재력까지 끌어 올리는 버서커 주술을 쓰는 것까지는 이해할 수 있었지만 그 주술사는 염력을 이용해서 타이탄의 움직임을 순간적으로 멈추게 하며 전사들을 도왔다.

그건 마치 이페이가 이끌었던 별동대에 속한 마법사가 슬로 마법으로 극히 짧은 순간 동안 상대의 움직임을 멈추게 만들어서 전투에 도움을 준 것과 같은 상황이었다.

그래서 타이탄들은 거대 오크를 처치할 결정적인 기회를 놓치는 상황도 일어났다.

주술사들의 움직임을 주시하는 동안에도 폭발시를 연사하던 가온은 자신을 정확하게 바라보는 흰 털의 늙은 주술사의 형형한 눈빛을 인지했다.

놈은 가온의 위치를 정확하게 알고 있는지 그를 향해 입을 벙끗거렸는데 놀랍게도 내장을 진탕시킬 정도의 파동이 감지되었다.

'음파 공격까지!'

물론 음파 정도는 마나장을 방출하는 것으로 가볍게 막을 수 있었지만 그사이에 거대화 스킬이라도 사용했는지 타이탄과 거의 대등한 체구가 된 거대 오크들이 타이탄의 대검을 향해 거대한 전투 도끼를 휘둘렀다.

숫자도 마침 동일했는데 능력까지 비슷했다.

까앙! 깡! 꽈앙! 꽈앙!

처음에는 마나를 주입하지 않고 부딪쳤던 양측이 본격적으로 마나를 사용하자 강력한 폭음이 연신 터져 나왔지만 양쪽은 더욱 빠르고 거세게 상대를 공격했다.

스물이나 되는 거인들이 날뛰는 바람에 거대 오크의 터전이었던 숲은 순식간에 폐허로 변해 버리고 있었고 나무 위에 올라가 있던 가온도 결국 내려올 수밖에 없었다. 거대한 검과 도끼의 궤적에 걸리는 나무는 모조리 잘려 나갔기 때문이다.

하지만 굳이 땅으로 내려올 일은 없었다. 투명날개를 장착한 가온은 투명 모드를 발동했다.

가장 먼저 처리할 대상은 주술사들. 늙어서 그런지 털이 하얗게 변하고 얼굴이 주름이 자글자글한 주술사는 가온이 사라지자 그의 종적을 찾는 듯 사방을 둘러보고 있었다.

'그래서 찾을 수 있겠냐?'

그런 생각을 하며 주술사들이 모여 있는 곳으로 천천히 날아가던 가온은 늙은 주술사의 이마에 새로운 눈이 만들어지는 것을 보고 마음이 급해졌다.

'빨리 처리해야 해!'

놈이 어떤 능력을 가지고 있는지는 알 수 없지만 이대로 두면 좋지 않은 상황이 생길 것 같았다.

가온의 열 손가락이 쫙 펴지고 끝부분에 성결한 흰색 구체가 생성되는가 싶더니 순식간에 빌출되어 허공으로 치솟았다. 한동안 쓸 필요가 없었던 마나탄이었다.

상공으로 치솟은 마나탄은 거대 오크 주술사들의 머리 위 상공에서 급격하게 꺾이더니 무시무시한 속도로 내리꽂혔다.

'이젠 이게 되네.'

문득 떠오르는 생각이 있어서 염력으로 발출한 마나탄의 궤적을 수정했다.

그래서 목표 바로 위 상공에 도달한 후 급격히 궤도를 변경해서 수직으로 떨어지게 한 것이다.

팟! 팟! 팟! 퍽! 퍽! 퍽!

마나탄 세 발이 세 겹의 방어막을 깨뜨렸고 나머지 일곱 발 중 세 발은 늙은 주술사에게, 그리고 나머지 네 발은 각각의 주술사의 머리를 뚫고 들어갔다.

'성공, 아니야!'

늙은 주술사의 몸 주위에 붉은 막이 보이는 순간 가온은 또다시 마나탄을 발출했다. 염력으로 마나탄의 궤적을 바꾸는 것은 마찬가지였지만 이번에는 수직으로 내리꽂힐 때 염력으로 속도를 배가시켰다.

그리고도 안심이 되질 않아서 또다시 마나탄을 발출하고 끝까지 염력으로 조종을 한 가온이 주술사들이 있는 곳을 확인했다.

첫 마나탄 공격에 늙은 주술사를 수행한 네 주술사는 즉사했다. 머리통에 큰 구멍이 뚫린 상태로.

하지만 가온의 우려대로 늙은 주술사는 머리를 향해 내리꽂히는 마나탄의 파동을 감지한 순간 실드와 비슷한 것으로 보이는 보호막을 몸 주위에 층층이 생성해서 마나탄을 막아 냈다.

늙은 주술사는 안심했겠지만 안심하기엔 너무 일렀다. 정신을 차리기도 전에 열 발의 마나탄이 또다시 벼락처럼 빠르게 떨어져 내리고 있었기 때문이다.

늙은 주술사는 이를 갈았다. 마나탄 한 발 한 발이 품고 있는 파괴력이 엄청났는데 그것들을 자신을 향해 날린 상대에게 치가 떨렸다.

'나무 위에서 폭발하는 화살을 쏘아 대던 인간 놈이 한 짓이 틀림없어!'

하지만 지금은 분노보다는 차가운 이성과 즉각적인 대응이 더 필요한 시간이었다.

자신의 목숨이 경각이 놓였다는 사실을 파악한 늙은 주술사는 체내의 마나와 목에 걸고 있던 마정석들 그리고 염동력을 최대로 끌어내어 빠르게 방어막들을 만들어 냈지만 마나탄들은 실시간으로 그것들을 깨뜨렸다.

늙은 주술사의 주술 능력은 생각을 하는 동시에 주술을 펼칠 수 있을 정도였기에 그게 가능했다.

'이런 공격을 계속 퍼부을 수는 없겠지.'

일족 최고의 대전사가 모든 힘을 담은 도끼질이라야 겨우 깰 수 있을 정도로 단단한 보호막을 단숨에 열 개나 만들어서 마나탄 세례를 방어해 낸 늙은 주술사는 그런 생각을 하면서 자신도 모르게 순간 마음을 놓았다.

하지만 상대는 그의 상식을 부술 정도의 초인이었다. 그

순간에 무려 열 발이나 되는 마나탄이 또다시 그를 직격했고
순간 의식이 끊겼다.

주술사들이 죽는 순간 거대 오크들의 높은 전투력의 근간
이었던 주술이 깨졌다.

타이탄과 전사장들의 전투를 지켜보며 광분해서 응원의
소리를 지르고 있는 거대 오크들의 붉게 변했던 눈빛이 칙칙
한 회색으로 돌아왔다.

피쉬쉬.

거대화 스킬을 사용한 것으로 보이던 거대 오크들 중 다섯
의 몸이 이전으로 돌아갔는데 스킬의 반동이 컸는지 비틀거
리며 중심을 제대로 잡지 못했다.

나머지 다섯도 멀쩡하지는 않았다. 몸은 그대로였지만 몸
놀림도 둔화되었고 도끼에 실린 힘도, 환하게 뿜어지던 빛도
약해졌다.

당연히 이 기회를 놓칠 엘프 대전사장들이 아니다. 마나를
더욱 끌어 올려서 오러 블레이드를 만들어서 거대 오크들을
압도했다.

가온은 창졸간에 벌어진 이런 변화의 이유를 짐작할 수 있
었다.

'버서커가 아니라 광역 버프였다고?'

이건 주술사들, 특히 늙은 주술사가 광역 버프를 통해 일

족 전사들의 능력을 증폭시켜 주었기 때문에 벌어진 현상이다. 그러니 놈이 죽은 직후 이런 변화가 생긴 것이다.

'단순히 몸집이 거대한 것이 아니야. 오크라는 종을 뛰어넘은 능력이네.'

아무튼 지금은 그것에 대해서 생각할 때가 아니었다.

가온은 투명날개를 이용해서 거대 오크의 머리 위를 날아다니면서 빠르게 폭발시를 연사하기 시작했다.

다행한 것은 버프 주술이 풀린 상태에서도 거대 오크들은 도망칠 생각을 하지 않았다는 점이다. 놈들은 힘이 빠진 몰골이었지만 여전히 강철 인간들에 대한 강렬한 적의와 투기를 버리지 않았다.

하지만 타이탄들은 놈들의 적의나 투기에 전혀 영향을 받지 않았다.

데루나를 비롯한 다섯 타이탄은 거대화 스킬이 해제되어 비척거리는 상대의 심장에 대검을 꽂아 넣고 거세게 손목을 돌리는 것으로 끝장을 낸 후 일반 거대 오크들을 척살하기 시작했다.

이전과 달리 오러 블레이드를 생성한 타이탄의 검술은 무시무시한 위력을 보였다. 풍압만으로도 거대 오크의 몸을 비틀거리게 만들 정도로 빠른 검격에 놈들은 머리와 심장이 속절없이 뚫리며 죽어 갔다.

타이탄을 상대로 마지막까지 버티던 다섯 거대 오크도 결국 심장이 터지고 머리가 뚫리는 최후를 맞이했다.

높은 효율을 보여 주었던 주술이 풀리면서 능력이 약화된 몸으로는 타이탄의 공세에 제대로 대응할 수가 없었기 때문이다.

사체들 사이를 걸어 다니면서 파워 드레인 스킬을 펼친 가온은 자신도 모르게 미소를 머금었다.

'엄청나네!'

사체에서 빠져나온 마나가 해일처럼 밀려들고 있었다. 한동안 정체되었던 에너지들이 팍팍 늘어날 것 같았다.

그렇게 전장의 산책을 마친 가온은 일단 전사장을 포함한 전사 계급을 모두 죽인 것으로 판단하고 아니테라에 대기하고 있던 전사장 200여 명을 소환했다.

가온은 전사장들을 대상으로 버프 스킬을 펼쳤다. 버프 스킬은 이제 D등급 3레벨이 되어서 한 번에 열 명씩 걸어 줄 수 있었다.

"숲 안에 이런 거대 오크들이 더 있다. 찾아서 1마리도 남기지 말고 모두 썰어 버려!"

비록 체구는 엘프들보다 2배에 달했지만 전사장들은 대부분 익스퍼트 중급 이상의 실력을 가지고 있었으며 그동안 꽤 많은 전투를 치렀기 때문에 노련했다.

더구나 전사 계급은 이미 전멸시킨 후이니 큰 위험은 없을 것이다.

"저희도 함께하겠습니다!"

거대화 스킬을 사용한 거대 오크들을 상대로 치열한 싸움을 치른 타이탄 라이더들도 가세했다. 심력과 체력의 소모로 인해서 바로 타이탄을 탑승할 수는 없지만 본신의 능력만으로도 행여 일어날 수 있는 불상사에 대비할 수 있었다.

가온은 그들의 의지를 존중해서 비약을 복용하게 한 후 전투를 허가했다.

사냥이 시작된 지 1시간 후 거대 오크 한 무리가 던전에서 완전히 사라졌다.

사냥을 마친 엘프 전사들은 휴식을 취하고 있었는데 상태들이 말이 아니었다.

전원 익스퍼트 중급 이상이었음에도 마을에 상주하고 있었던 전투력이 높은 놈들의 끈질긴 저항과 기습에 쉽지 않은 전투를 치러야만 했다.

하지만 타이탄 라이더를 제외하고도 소드마스터에 입문한 열 명의 대전사장들이 크게 활약한 덕분에 사망자는 물론 중상자도 나오지 않았다.

경상자들은 모라이족이 최근 트롤의 피와 골드비 로열젤리 등을 재료로 해서 만들었다는 새로운 치료 포션을 복용했기에 빠르게 회복하는 중이다.

타이탄 라이더들도 꽤 지친 상태였다. 웨어울프와 회색 늑대들을 상대했을 때와 달리 전사장급의 거대 오크들을 상대하면서는 역량을 모두 끌어내야만 했다.

"대체 이놈들의 정체는 뭘까요?"

"생김새는 영락없이 오크인데 몸집도 훨씬 크고 새끼들조차 마나를 사용할 수 있는 것 같습니다. 어지간한 전사들은 모두 상급 마정석을 가지고 있었고요."

"처음 덤벼들었던 놈들 대다수는 도끼에 오러를 씌울 정도로 마나를 다루는 능력이 높았어."

"높은 수준의 주술을 사용하는 것을 보면 지능도 매우 높을 것 같아요."

엘프 전사들의 대화를 듣고 있던 가온은 문득 도서관의 한 책에서 본 몬스터의 이름을 떠올릴 수 있었다.

"오르카!"

오르카가 확실했다. 아주 오래전에 한 던전에서 발견된 몬스터로 저자는 오우거와 오크 사이에서 나온 변종으로 추정하고 있었는데, 지능이 굉장히 높고 전투력이 뛰어나서 당시 해당 던전을 공략하는 데 엄청난 시간과 노력이 들어갔다고 기술했다.

오르카 전사는 익스퍼트 경지의 전사처럼 마나를 사용해서 몸과 무기를 강화시킬 수 있을 뿐 아니라 검기까지 사용하는 놈들도 많았다고 했다.

바로 일어나서 마정석을 적출했는데 중상급이었다. 사체

의 상태로 보아 일반 전사 계급으로 보였다.

가온은 몸집이 큰 사체를 대상으로 마정석을 적출했는데 예상한 대로 상급이 나왔다.

'역시!'

전사 계급만 해도 대략 300여 마리에 달했으니 1할이라고 해도 서른 개 이상의 상급 마정석을 확보할 수 있었다.

쉬다가 갑자기 가온이 마정석을 적출하기 시작하자 영문을 모르는 엘프 전사들도 바쁘게 움직이기 시작했다. 마정석을 적출하려는 것이다.

특히 타이탄 라이더들이 열심이었다. 그들은 타이탄을 한 번 기동하는 데 상급 마정석 열 개가 필요하다는 사실을 누구보다 잘 알고 있었기 때문이다.

그렇게 모두가 마정석 적출 작업을 한 결과는 가온에게 아주 만족스러웠다.

'최상급이 8개, 상급 122개, 중상급 332개네.'

나머지는 아쉽게도 중급과 중하급이었지만 그것들까지 모두 챙겼다.

던전을 공략하는 엘프, 특히 대전사장들의 태도가 확 바뀌었다.

가온의 명령에 따라 던전을 공략하는 것이 아니라 타이탄의 기동에 절대적으로 필요한 상급 마정석을 구하는 일이 되었기에 동기부여가 제대로 된 것이다.

　　대신 오르카 무리를 사냥하는 방식은 바뀌었다.

　　'굳이 위험을 무릅쓸 필요는 없지.'

　　가온은 이제 타이탄 기동훈련을 더 할 필요는 없다고 생각했다.

　　일단 숲 지형에 특화된 언데드를 소환했다. 거대 유인원인 마핀 구울로 총보스였던 놈과 두 암컷 그리고 3마리의 준보스를 시작으로 거대화한 상태의 구울 1,200여 마리를 모두 꺼냈다.

　　체구에서부터 오르카에게 밀리는 일반 마핀 구울은 6천이나 되지만 아예 불러내지 않았다.

　　가온은 구울을 총보스급, 보스급, 준보스급, 자이언트급, 그리고 일반급으로 분류했다.

　　총보스급은 소드마스터 상급 이상, 보스급은 소드마스터 중급 이상, 준보스는 소드마스터, 자이언트급은 익스퍼트 중급 이상의 실력을 가지고 있었다.

　　그동안은 남들의 눈을 의식해서 언데드인 구울을 소환할 생각을 하지 않았지만 이 아이테르 차원에 관련된 의뢰를 완수하려면 거대한 세력이 필요했다.

　　'다행하게도 이 세계는 시티 밖이 너무 위험해서 사람들

눈을 의식할 필요가 없지.'

그러니 되도록 언데드, 특히 생전의 능력을 고스란히 쓸 수 있는 구울을 자주 활용할 생각이다.

"가라!"

의념을 이용해서 오르카의 이미지를 전하고 놈들을 죽이라는 명령을 내리자 엄청난 숫자의 마핀 구울들이 두 번째 오르카의 둥지인 거대한 숲으로 들어갔다.

구울이라고는 하지만 제련할 때 곁들여 사용한 음양기로 인해서 생전의 능력을 고스란히 가진 마핀들은 거대한 체구에도 불구하고 나뭇가지를 잡거나 밟고 빠르게 사라졌다.

"이제 우리가 할 일은 도망치는 놈들을 처리하는 것이다. 다치지 않도록 모두 조심해라!"

가온의 명령이 떨어지자 각자 5미터의 간격을 두고 숲을 바라보며 도열했던 엘프 전사들은 숲으로 천천히 진입했다.

얼마 후 숲 안쪽에서는 분노한 오르카들이 내지르는 피어와 구울들의 으르렁거리는 소리 그리고 비명들이 터져 나오기 시작했다.

시간이 좀 더 지나자 허겁지겁 도망쳐 나오는 일단의 오르카들이 보였다.

놈들은 엘프 전사들을 보고 놀란 얼굴이지만 뒤를 한번 쳐다보더니 이내 도끼를 힘주어 쥐고는 이쪽으로 달려왔다. 거대 유인원인 마핀 구울보다는 이쪽이 더 상대하기 편하다고 판단한 모양이다.

"우리가 만만한가 보네!"

아무리 가온의 명령이라지만 강한 몬스터들과 싸울 수 있는 1차 기회를 놓친 엘프 전사들은 빠르게 달려오는 상대를 향해 쇄도했다.

결과는 당연히 엘프 측의 압도적인 승리였다. 전사 계급도 아닌 일반 오르카로서는 익스퍼트 중급 이상의 실력을 가진 엘프 전사장들을 상대할 수 없었다.

시간이 흐르면서 숲 안에서 도망쳐 나오는 오르카의 숫자가 빠르게 증가했지만 엘프 전사들은 1마리도 놓치지 않고 심장이나 머리통에 구멍을 내서 죽여 버렸다. 굳이 머리통을 단번에 자르려고 마나 소모를 높일 필요는 없었다.

나중에는 전사 계급으로 보이는 놈들까지 도망쳐 나왔지만 놈들의 운명도 앞서간 놈들의 그것을 따라야만 했다.

'마핀 구울의 전투력이 엄청나기는 하지.'

무엇보다 음양기와 혼합된 사기로 제련된 구울이 무서운 점은 다른 언데드와 달리 어느 정도의 지성을 가지고 있으며 팔다리가 잘려도 치명적인 공격을 계속 가할 정도로 공격성이 높다는 것이다.

버서커 상태처럼 단순히 투기로 인해 고양되어 통증을 잠시 잊는 것과는 차원이 다르다. 언데드이기에 아예 통증 자체를 느끼지 못하니 말이다.

그렇게 400~500마리의 오르카를 정리한 후 도착한 숲 중앙의 너른 공터.

오르카 무리의 수뇌부가 살았던 것으로 보이는 거대한 움집들은 완전히 무너져 있었고 곳곳에 혀를 내밀고 죽어 나자빠진 오르카 전사들의 사체들이 보였다.

죽은 오르카 중에는 주술사로 보이는 개체들이 6마리나 되었는데 모두 한곳에 모여 있었다.

온몸이 뜯어먹힌 처참한 상태로 보아서 집중적인 공격을 받은 것 같았다.

'구울이라고 동족 의식이 없는 것은 아니니 초반에 위력적인 원거리 공격으로 동족들을 죽인 주술사들에게 공격이 먼저 집중되었겠지.'

하나같이 피투성이가 되어 있는 마핀 구울들은 공터를 빼곡하게 둘러싸고 있었는데 가운데에는 60여 마리에 달하는 오르카와 마핀 구울이 엉켜서 사투를 벌이고 있었다.

아니, 사투까지는 아니다. 총보스 구울과 보스급 구울 3마리는 몸을 7미터까지 키운 10여 마리의 오르카들을 가볍게 상대하고 있었고, 준보스급 7마리와 자이언트 마핀 구울 20여 마리도 키가 5미터가 넘는 거대한 체구를 가진 놈들을 상대하고 있었다.

마핀 구울 수뇌부는 사기(死氣)로 만든 오러 네일을 사용해서 부기를 둘렀거나 오러 액스가 솟아난 전투 도끼를 사용하는 오르카를 상대하고 있었는데 압도적이었다.

　나름 치열했지만 마핀 구울 쪽의 전력이 압도적이었던 만큼 오래지 않아서 싸움이 끝났다.

　물론 압도적인 승리였다.

　의식으로 파악한 구울의 피해는 182마리로 재생이 불가능할 정도로 온몸이 찢기거나 머리통이 사라진 것들이다. 물론 높은 등급의 구울들은 대부분 무사했다.

　'이렇게 쉽다고?'

　가온은 마핀 구울들이 만들어 낸 결과에 크게 놀라는 한편 여전히 자신이 가지고 있는 전력조차 제대로 사용하지 못하고 있다는 사실에 반성했다.

　'좋아! 오르카 전사들을 모조리 구울로 만들자!'

　나머지 오르카들은 구울의 먹이로 주어야만 했다. 구울은 아무리 먹어도 항상 배가 고프다는 의식을 가진 언데드였기에 아무리 귀속을 시켰다고는 해도 합당한 대가를 주어야만 충성을 바치는 언데드였다.

　가온은 의념으로 숲 외곽에 있는 오르카들을 잡아먹으라는 명령을 내렸다. 이성이 없는 구울들에게 굳이 수고했다는 말까지 전할 필요는 없었다.

　크르르르.

　사냥을 하는 중간에 살점을 뜯어먹었는지 다들 입 주위가 붉게 변한 마핀 구울들은 기괴한 웃음을 보이며 일제히 보상이 기다리는 숲 외곽으로 달려갔다.

"헤루스!"

시르네아가 전장의 산책을 마치고 자신들 쪽으로 걸어온 가온의 곁에 붙었다. 뭔가 복잡한 얼굴이었다.

"왜?"

"다음 무리는 저희가 처리할게요!"

"굳이 그럴 필요가 있을까?"

"저희에게는 아직 싸울 수 있는 강한 상대가 필요해요!"

뜻밖의 말에 전사들 쪽을 둘러보니 다들 시르네아와 같은 마음인지 결연한 얼굴로 작게 고개를 끄덕였다.

그렇다면 들어주어야만 했다. 전사의 실력은 생과 사가 엇 갈리는 전장에서 가장 빠르게 늘어난다.

"그대들도 경험했지만 오르카의 능력은 생각 이상이야. 위험하지 않을까?"

"그래서 드리는 말씀인데 일반 전사들까지 불러 주세요."

"일반 전사들은 위험한데."

상대는 일반 오크보다 몸집이 2배 이상인 거구에다가 육 체 능력도 높을 뿐 아니라 전사 계급이 아닌 새끼들도 마나 를 능숙하게 사용할 수 있는 능력이 있다.

"혼자 상대하게 두지는 않을 것이니 너무 걱정하지 마세 요. 그동안 3인 혹은 5인으로 펼치는 합격진 훈련을 많이 했어요. 훈련의 성과도 확인해야 하고 전문적으로 궁사로 양성한 전사들의 실력도 확인해야 해요."

그동안 꾸준히 훈련을 하고 있다는 사실은 알고 있었지만 합격진을 수련하거나 전문적인 궁수를 양성하고 있다는 사실까지는 몰랐던 가온은 흔쾌히 시르네아의 부탁을 수락했다.

가온은 포식을 한 구울들을 전용 아공간에 집어넣은 후 다음 목적지로 향했다. 물론 모둔에게 오르카 전사들의 사체를 챙기도록 부탁을 하고 말이다.

엘프 전사들의 합격술은 생각 이상으로 뛰어났다. 세 명이 마치 한 몸처럼 유기적으로 움직여서 익스퍼트급 실력을 가진 오르카 전사 1마리를 능히 감당할 수 있었다.

그런데 눈에 띄는 것이 있었다.

그건 바로 엘프 전사들이 입고 있는 방어구와 무기였다. 부기가 생성된 전투 도끼가 스쳤거나 부딪혔음에도 방어구는 찢어지지 않았고 검은 멀쩡했다.

"저런 방어구와 검이 있었나?"

검의 방호력이야 모라이족이 지속해서 연구해 온 합금으로 만들었다면 이해가 되는데 방어구의 방호력이 생각보다 훨씬 높았다.

"모라이족이 새로 개발한 방어구와 검이에요. 특히 방어구의 방호력이 엄청나게 높아졌어요."

"정말 대단하네."

"다양한 마수와 몬스터의 가죽을 얇게 압착해서 일곱 장이나 붙인 다음 저희 일족의 마법사들이 충격 흡수 마법진을 인챈트해서 방호력을 획기적으로 높였다고 들었어요."

혹시 모를 위험 상황에 대비해서 일반 전사들 사이에 끼어 있는 다른 대전사장들과 달리 가온의 곁에 남은 시르네아가 설명을 해 주었다.

"부기에도 멀쩡하다니 대단하네."

"멀쩡한 것은 아니고 제대로 맞으면 분명 손상을 입을 테지만 그래도 몇 번 정도는 정통으로 맞아도 충격이 내장을 포함한 체내로 전해지는 것을 막아 줄 수 있다고 들었어요."

이래서 일반 전사들의 소환까지 부탁했던 모양이다. 합격진도 합격진이지만 새로 지급한 방어구와 무기의 위력을 확인해야 하니 말이다.

"궁사들도 예상한 것보다 큰 활약을 해 주고 있어요."

그랬다. 목표에 격중하는 순간 폭발하는 화살 아이템을 소지한 궁사 엘프들은 마치 가온이 폭발시를 사용하는 것처럼 오르카의 머리통을 날려 버리고 있었다.

"전문 궁사는 몇 명이나 되지?"

"일단 200명을 선발했어요."

"폭발 화살도 모라이족이 개발한 건가?"

갓상점에도 폭발 화살이 있지만 엘프 전사들이 직접 구입했을 거라고 보기에는 수량이 너무 많았다. 궁사들이 허리에 차고 있는 스무 발들이 전통은 네 개나 되었다.

"네. 원리는 알 수 없지만 평소에는 안정된 상태지만 마나를 주입하면 활성화된다고 들었어요."

정말 여러모로 모라이족이 도움이 되고 있었다.

'다음에 아니테라로 갈 때는 뭔가 챙겨 줘야겠네.'

비록 숫자는 적지만 모라이족은 이제 가온에게는 없어서는 안 될 존재가 되어 버렸다.

가온은 전장을 천천히 이동하면서 파워 드레인 스킬을 펼쳐서 오르카 사체로부터 에너지를 흡수하면서 아직 죽지 않는 놈들을 끝장냈다.

마침내 숲 중앙부에서 폭음이 들려오자 두 사람이 빠르게 그곳을 향했다.

거기에는 먼저 도착한 타이탄과 오르카 대전사들의 격렬한 전투가 벌어지고 있었다.

전황은 타이탄의 절대 우세였다. 광역 버프에 해당하는 주술을 펼칠 수 있는 존재들이 없었기 때문이다.

시르네아는 이미 숲을 들어가기 전에 10여 명의 궁수들을 보내어 주술사들을 암살하라고 명령을 내렸다. 그리고 궁수들은 숲 도처에서 들려오는 일족의 비명을 듣고 거처에서 급하게 달려 나오던 주술사들은 폭발 화살의 목표가 되어 제대로 주술도 써 보지 못하고 육편이 되어 버렸다.

결국 타이탄들은 한 기도 빠짐없이 상대를 압살했고 그 후로는 강한 오르카들을 찾아다니며 사냥을 했다. 전세가 뒤집힐 일은 전혀 없었다.

초현初現, 아틀라스!

다음 무리는 마핀 구울, 그리고 그다음 무리는 다시 엘프 전사들이 사냥을 했다.

이제 이 던전의 보스가 있는 가장 거대한 무리만이 남았는데 카오스가 살펴본 바에 따르면 대략 3천 마리에 달하는 엄청난 규모였다.

가온은 엘프 전사들과 함께 점심을 먹으면서 마지막 무리는 마핀 구울과 엘프 전사를 모두 활용한 압도적인 전력으로 최대한 빠르게 사냥하기로 결정했다.

이번에는 엘프 전사들의 피해가 발생할 것을 우려해서 마핀 구울은 물론 베헤모스 구울까지 동원할 생각이다.

가온은 본격적인 공격은 내일 아침에 하기로 결정하고 일찍 아니테라로 건너갔다.

이곳 시간을 이틀, 아니테라의 시간으로는 두 달이 지났기에 베타급 타이탄이 추가로 열 대가 더 완성된 상태였다.

'이제 베타급 타이탄 열 기가 더 생산되었으니 예비 대전사장들도 훈련을 시켜야 해.'

오르카처럼 좋은 실전 대상을 찾기는 쉽지 않을 것 같아서 내린 결정이다.

타이탄을 배정받을 날만 기다려 온 그들도 소드마스터에 입문한 강자들이기에 이곳 시간으로 반나절 정도 기동훈련을 하면 어느 정도 활약을 할 수 있었다.

'이번에는 나도 아틀라스를 탄다!'

오르카 보스는 베타급 타이탄 이상의 몸체로 거대화할 것이 틀림없으니 가온도 이 기회에 아틀라스의 전투력을 확인할 수 있을 것이다.

마침 아틀라스도 예전의 지식과 기술을 모두 정리했다고 알려 왔다.

그것 때문에 자신도 시간이 필요했다. 아직 아틀라스를 탑승해 보지 못했으니 자신 역시 적응 훈련이 필요했다.

식사를 마친 후 곧바로 엘프 전사들을 아니테라로 역소환시킨 가온도 그 뒤를 따랐다.

일단 제조창으로 가서 그사이에 완성된 타이탄들이 봉인된 아공간 카드를 인수받은 가온은 바로 이젠 타이탄 훈련장

예지몽으로
히든랭커

으로 부르는 황무지로 향했다.

그곳에서 기다리고 있었던 예비 대전사장들은 차례로 소환된 타이탄을 배정받고 감격에 겨워 얼굴이 되었다.

"기동훈련은 대전사장들이 일대일로 해 줘."

"걱정하지 마십시오, 헤루스!"

예비 대전사장의 타이탄 기동훈련을 시르네아를 비롯한 대전사장들에게 맡긴 가온은 멀리 떨어진 곳으로 혼자 이동했다.

'아틀라스, 나와!'

홀연히 모습을 드러낸 아틀라스의 모습은 다시 봐도 찬탄이 흘러나올 정도로 멋졌다.

15미터가 훌쩍 넘는 거대한 키와 그에 비례하는 거대한 몸은 벼리나 모라이족도 알지 못하는 고대 문명의 유산인 합금으로 만들어졌는데, 이음새가 전혀 보이지 않을 정도로 유려했다.

거기에 전격을 방출할 수 있는 두 개의 큰 뿔과 평소에는 생물의 눈처럼 시각 기관이지만 필요에 따라서는 에너지빔을 발출할 수 있는 눈, 등 뒤에 장착된 거대한 금속 날개 마지막으로 거대한 검은색 대검까지 더해지니 가온도 가슴이 웅장해졌다.

'내가 이 멋진 타이탄을 타고 싸운다는 거지?'

믿기지가 않았다.

—주인님, 타십시오.

아틀라스가 가슴 부위에 있는 탑승구를 연 상태로 한쪽 무릎을 꿇고 두 손을 각각 다른 높이로 내밀었다. 탑승구까지 밟고 올라가는 뜻이었다.

가온은 가볍게 바닥을 박찼고 두 손바닥을 연달아 딛고 탑승구 안으로 들어갔다.

'아틀라스도 전용 슈트가 있었군.'

조종실 내부에는 열린 상태의 슈트가 그를 기다리고 있었는데 그마저도 검은색이라 아주 마음에 들었다.

—착용하고 있는 방어구를 벗지 않아도 됩니다.

막 방어구를 벗으려고 할 때 들려온 아틀라스의 의념에 몸을 돌려 열린 슈트 안으로 몸을 집어넣자 슈트가 몸에 맞게 줄어들면서 내부에 있는 돌기들이 자연스럽게 마나포인트와 신경점에 해당하는 수많은 부위에 맞닿았다.

그 작업에서 입고 있던 방어구의 존재는 전해 방해가 되지 않았다. 방어구의 재질과 상관없이 아틀라스와 동화가 되는 감각을 느꼈다.

—동화를 시작합니다! 1, 2, 3⋯⋯ 98, 99, 100. 동화 완료!

놀랍게도 채 10초도 되지 않아서 동화 과정이 완료되었다.

'환상적이군.'

가온은 오감을 통해서 자신이 거대화되었을 때처럼 아틀라스가 자신의 육체가 된 감각을 느낄 수 있었다.

'아틀라스, 내 본신과의 동화율은 얼마나 되는지 알 수 있나?'

－현재까지는 82%입니다. 이 정도 동화율인데도 이렇게 힘이 끓어오른다니 정말 주인님은 엄청난 분이셨군요!

동화율을 물어봤는데 아틀라스의 찬탄만 들었다.

아틀라스를 처음 본 엘프 대전사장들은 차원이 다른 타이탄의 위용에 그야말로 황홀한 얼굴이 되어 한동안 지켜보기만 했다.

워낙 동화율이 높기에 처음부터 움직임은 무척 쉽고 자연스러웠다.

걷기부터 시작해서 달리기, 도약 등의 간단한 움직임부터 시작해서 체술은 물론 철월검류까지 펼쳐 보았는데 베타급과는 비교가 안 될 정도로 자연스러웠다.

이번에는 음양기를 사용해 봤는데 엄청난 고양감이 밀려왔다. 일검으로 산 하나를 베어 버릴 것과 같은 엄청난 힘이 느껴진 것이다.

'마나 증폭률이 얼마나 되지?'

－현재 수치는 2,400% 정도인데 더 올라갈 것 같습니다.

입이 떡 벌어졌다.

비교 대상이 없어서 확신할 수는 없지만 가온은 자신이 그랜드 마스터 정도 될 거라고 생각하는데 그런 자신이 놀랄 정도로 능력이 높아진 것이다.

음양기를 증폭해서 사용하면 가동 시간이 현저하게 줄지만 본신이 보유한 마나의 24배에 해당하는 마나를 사용할 수 있다는 것은 정말 멋진 일이다.

　가온은 거대한 흑검에 음양기를 주입한 상태로 검기와 검사 그리고 오러 블레이드를 만들어서 차례로 시험해 보았고 그 결과에 경악했다. 자신이 발현했음에도 믿어지지 않을 정도로 경천동지할 위력을 확인했다.

　무엇보다 놀랐던 점은 아틀라스가 가온의 마나 운용을 미세하게 조정해 준다는 사실이다.

　마나를 주입하거나 마나의 속성을 달리할 때 아틀라스가 그 과정에 관여해서 속도를 증가시키고 전환이 무리 없이 이루어지도록 만들었다.

　아틀라스의 전력에 충분히 만족한 가온은 훈련을 멈추기로 했다.

　'아틀라스, 이젠 네 능력을 발휘해 봐.'

　분명히 혼자서도 기동할 수 있다고 들어 과연 어떨지 궁금했다.

　―그 부분은 나중으로 미뤄 주십시오. 단독 기동의 경우 아직 준비가 미흡합니다. 그리고 그 전에 주인님에게 알려 드리고 싶은 것이 있습니다.

　'뭐지?'

　―타이탄 전용 검술 다섯 종을 알고 있습니다. 주인님께는

그중 중검류에 속하는 에르트 검술을 추천드립니다.

'타이탄 전용 검술이라고?'

그런 것이 존재할 줄은 전혀 몰랐기에 너무 놀랐다.

─제가 태어난 시대에는 타이탄 전용 검술이 있었습니다. 인간에 비해서 거대한 몸집을 가진 만큼 그에 맞는 검술이 필요했거든요.

생각해 보니 과연 그런 검술이 필요하긴 했다. 사실 가온 만 해도 검강, 즉 오러 블레이드를 쓸 때는 철월검류가 왠지 몸에 맞지 않는 옷처럼 불편하게 느껴지니 말이다.

─에르트 검술은 검력(劍力)에 치중하는 중검에 속하며 무척 패도적인 검술입니다. 대검으로 수비와 공격을 하는 검리 (劍理)를 가지고 있으며 검기와 검사 그리고 검강을 사용해서 비슷하거나 더 큰 몸집을 가지고 있는 마수나 몬스터를 상대 하는 데 최적화된 최상급 검술입니다. 그리고 원하시면 다른 네 검술도 알려 드리겠습니다.

'그럼 혹시 민첩성이 뛰어난 라이더에게 어울리는 검술도 있나?'

─쾌검류에 속하는 포르투 검술이 있습니다.

포르투 검술이라면 민첩성과 동체시력이 뛰어난 엘프의 검술을 극대화시킬 수 있을 것 같았다.

'일단 두 검술을 전수해 줘. 부탁한다!'

이건 기회다! 고대 문명이 남긴 검술의 경지는 헤아릴 수 없지만 타이탄 전용 검술까지 있을 정도이면 현대에 비해서 전혀 떨어지지 않는 수준일 것이 확실했다.

타이탄에 탑승한 상태로 아틀라스에게 전수받은 두 검술을 펼쳐 본 가온은 확실히 자신에게는 에르트 검술이 잘 맞는다는 사실을 깨달을 수 있었다. 중검류에 속하기는 했지만 에르트 검술은 모든 부분에서 균형을 이룬 최상급 검술이었다.

초식에 숨겨진 비의까지 파악한 것은 아니지만 초식만으로도 굉장한 위력을 발휘할 수 있었다.

그에 비해 포르투 검술은 뛰어난 민첩성을 바탕으로 쾌속한 움직임이 가능해야만 펼칠 수 있었는데 대부분의 엘프 전사들이 사용하는 가늘고 긴 양날 검과 궁합이 아주 잘 맞았다.

여러 특성이 적용된 덕분에 두 검술을 금방 익힌 가온은 자신의 몸으로 검술의 장단점을 명확하게 파악한 후 스무 명의 대전사장들을 대상으로 포르투 검술을 전수했다.

덕분에 예비 대전사장들의 수련 내용은 더 치열할 수밖에 없었다.

기동훈련도 해야 했지만 새로 익히게 된 타이탄 전용 검술은 한 문명에서 최상급으로 분류되는 만큼 초식만 익히는 데도 그만한 시간이 필요했기 때문이다.

그렇기에 기존의 엘프 대전사장들도 바빴다. 예비 대전사

장들에게 기동훈련을 시킨 후에는 포르투 검술까지 수련해
야만 했다.

　그동안 가온은 매일 밤 아레오와 아나샤를 챙길 수 있었을
뿐 아니라 전력에 새로운 타이탄 2기도 추가할 수 있었다.

　아이테르 차원 기준으로 다음 날 아침, 가온이 먼저 던전
으로 건너왔고 엘프 전사들과 구울들을 차례로 소환했다.

　목표는 3천여 마리로 추정되는 마지막 오르카 무리.

　오르카들도 그 사이에 주위 동족들이 사라졌으며 흔적으
로 보아 전멸했다는 사실을 파악하고 정찰대를 파견하고 초
소를 늘리는 등 대비를 했기에 대군이 나타나자 금방 대응
했다.

　가온은 투명날개를 이용해서 하늘에서 상황을 파악하고
있었다.

　'전사 계급만 1천이라.'

　물론 전부 전사는 아닐 것이다. 그래도 전사에 근접하는
역량을 가진 놈들을 급하게 소집했을 것이다.

　자신들의 터전인 거대한 숲 입구에 3열로 늘어선 오르카
들은 이미 주술이 적용된 듯 기세가 엄청났다. 놈들이 방출
하는 투기가 얼마나 살벌한지 던전 내의 모든 생물은 숨을
죽였다.

　하지만 이쪽은 투기나 기세의 영향을 전혀 받지 않았다.

수도 압도적이지만 전력은 더 압도적이다. 거대화 상태로 구울이 된 마핀만 무려 1천 마리가 남았고 전열의 선두에는 무시무시한 몸집을 가지고 있는 베헤모스 구울 9마리가 자리하고 있었다.

　그 뒤로 타이탄 스무 기와 엘프 전사 2천여 명이 도열한 상태로 투기를 끌어 올리고 있었다.

　마지막으로 하늘에는 투명 모드로 날고 있는 가온이 있었는데 그의 시선은 오르카들의 배후에 있는 일단의 오르카 무리에게 꽂혀 있었다.

　이미 거대화 스킬을 사용했는지 키가 10미터가 훨씬 넘는 오르카 족장은 7미터의 키를 가진 다른 오르카들 사이에 있었는데, 신기하게도 아무런 기세도 드러내지 않고 무표정한 눈으로 언데드와 엘프 들을 쳐다보고 있었다.

　보스를 둘러싸고 있는 오르카는 거대화를 한 놈들만 무려 100이 넘는데 그중 베타급 타이탄과 비슷한 거구만 해도 40마리나 되었다.

　20마리는 대열의 선두에, 10마리는 족장으로 짐작되는 개체의 주위에, 마지막으로 나머지 10마리는 주술사로 추정되는 20마리의 오르카를 둘러싸고 있다.

　'일단 대열을 찢어 버린다!'

　그와 더불어 7미터까지 거대화한 놈들까지 처리하기로 결심한 가온이 베히모스 구울들에게 공격 명령을 내렸다.

슈아아악!

베히모스 고유 스킬인 초가속의 빠르기는 오르카 입장에서 보면 눈 한 번 깜빡이는 시간에 무려 50미터의 거리를 공간 이동한 것과 비슷했다.

꽈직!

거의 동시에 나는 파열음의 결과는 놀라웠다. 베타급 타이탄과 비슷한 키와 몸집을 가진 9마리의 오르카 전사장들부터 시작해서 수십 마리의 오르카들이 마치 볼링공에 맞은 핀처럼 뒤로 날아갔다.

'역시 대단해!'

베헤모스의 박치기에 당한 오르카 전사장들은 온몸의 뼈가 다 부러지고 살까지 터져 버렸다. 그야말로 납작한 포가 되어 버린 것이다.

베헤모스 구울은 박치기를 하고 난 후 다시 초가속에 이은 박치기 스킬을 연거푸 펼쳐서 그야말로 오르카 무리를 늑대가 양 떼를 흩어 놓는 것처럼 만들었다.

이런 상황은 전혀 예상하지 못한 듯 당황한 것으로 보이는 오르카 족장이 고래고래 소리를 지르며 순식간에 바뀐 분위기를 다시 되살리려고 직접 나서려고 했을 때 베헤모스 구울들을 따라 움직인 마핀 구울들이 놈들을 덮쳤다.

양 떼처럼 사방으로 흩어졌던 오르카의 일부는 검붉은 오러가 실린 마핀 구울의 날카로운 발톱에 몸이 갈기갈기 찢어지고 목이 몸통에서 뽑혀 나오는 끔찍한 꼴을 당했다.

그게 끝이 아니었다. 어느새 오르카 무리에게 접근한 엘프 전사들은 셋 혹은 5명이 오르카 1마리를 포위하고 합공을 가하기 시작했다.

그렇게 오르카 무리가 베헤모스 구울로 촉발된 혼란에서 정신을 차리지 못하고 있을 때 모두의 귀에 낮지만 기괴한 소리가 들리기 시작했다.

'광역 버프 주술이다!'

가온은 음파를 듣는 순간 그 사실을 알아차렸다.

그 소리를 들은 오르카들은 정신을 차리고 구울과 엘프들을 향해 부기가 생성된 도끼를 휘두르기 시작했는데 위력이 대폭 강화되었다.

그 바람에 초반부터 엘프 전사 측이 승기를 잡았던 전황이 급변하려고 했다.

그런 전황의 변화를 그냥 용인할 가온이 아니다.

자신도 익히고 싶을 정도로 굉장히 강력한 위력을 가진 주술이다.

하지만 부러워할 필요는 없었다. 현재 아나샤가 그와 유사한 신성 마법을 수련하고 있으니 말이다.

광역 버프 주술의 위력은 뛰어났지만 구경만 할 수는 없었다.

주술사들의 주의가 온통 전방에 쏠려 있고 놈들을 호위하

예지몽으로
히든랭커

는 놈들조차 족장과 수호전사들이 앞으로 뛰어나가는 모습을 지켜보느라 주의가 다른 곳으로 쏠린 상태다.

주술사의 머리 위 상공 300미터에서 멈춘 가온은 아공간에서 오크들의 혈흔이 고스란히 묻어 있는 거대한 바위들을 연이어 떨어뜨리기 시작했다. 물론 그 바위들은 모두 염력이 더해져서 속도가 광속에 가까울 정도로 빨랐다.

꽈직! 쿵! 쿵! 쿵!

겨우 세 겹에 불과한 보호막은 순식간에 부서졌고 뒤이어 떨어지는 바위는 주술사들은 물론이고 거대화한 오르카들을 덮쳤다.

비명은 아예 없었다. 광속에 가까운 속도로 하늘에서 떨어진 집채만 한 바위에 깔리면서 비명을 지를 여유 따위는 없으니 말이다.

그렇게 순식간에 든든한 지원 세력이었던 주술사들이 사라지자 오르카들의 기세는 순식간에 약화되었다. 거대화 스킬을 사용한 것으로 보이는 놈들 중 절반이 마치 바람 빠진 풍선처럼 몸집이 줄어들었다.

물론 아닌 놈들도 있었다.

아마 그런 경우에는 자신의 마나로 거대화 스킬을 온전히 쓸 수 있는 경우일 것이다.

그런 놈들은 오러 블레이드에 해당하는 오러 액스를 생성한 상태로 빠르게 달려서 베헤모스 구울이나 마핀 구울을 공격하려고 했지만 그들의 상대는 따로 있었다. 바로 스무 기나 되는 타이탄들이었다.

베타급 타이탄의 라이더들은 소드마스터다. 아직 훈련 시간이 적어서 6배에 달하는 마나 증폭률을 끌어내지는 못했지만 3배까지는 증폭할 수 있으니 당연히 오러 블레이드를 쉽게 사용할 수 있었다.

타이탄들과 거대화한 오르카들 사이에서 강력한 충돌음과 함께 사방으로 날카로운 파동이 날아갔다.

강기와 강기의 충돌로 발생한 파동은 유형화된 오러의 형태를 가지고 있어서 주위의 구울이나 오르카의 몸을 짓이겨 버렸다.

덕분에 넓은 전장이 형성되고 타이탄들과 거대화한 오르카들 사이에는 치열한 싸움이 벌어졌다.

하늘에서 전황을 지켜보던 가온은 거의 5미터에 달하는 오러 액스를 이용해서 벌써 베헤모스 구울 한 기를 난도질하고 있는 오르카 족장을 보고 하강하기 시작했다.

'네놈이 그렇게 쉽게 해치우라고 만든 베헤모스 구울이 아니야!'

모둔이 순화시킨 죽음의 기운에 자신의 음양기까지 섞어서 제련한 베헤모스 구울이 이렇게 처참하게 난자당하는 모습을 보니 화가 치밀었다.

곧바로 오르카의 뒤편으로 멀리 떨어진 곳에 착지한 아틀라스를 소환한 가온이 빠르게 탑승과 동화를 마쳤다.

"우어어어어!"

가온은 음양기를 전신으로 유포하는 순간 증폭된 마나로 인해 치밀어 오르는 고양감을 억제하지 못하고 피어를 내질 렀다.

얼마나 강력한 힘이 느껴졌는지 양측 모두 싸움을 멈추고 가온 쪽을 쳐다볼 정도였는데, 특히 오르카 족장의 반응이 가장 빨랐다.

무서운 속도로 아틀라스를 향해 달려왔다.

오르카 족장은 새로 나타난 금속 거인이 자신들을 공격한 무리의 대장임을 직감했고, 다른 금속 거인들과 궤를 달리하는 크기와 피어를 통해서 그대로 내버려 두면 오르카족은 전멸할 수밖에 없음을 깨달았다.

아틀라스 역시 오르카 족장을 향해 달리기 시작했다.

쿵! 쿵! 쿵!

15미터에 달하는 거체임에도 불구하고 아틀라스는 갈수록 속도가 빨라지고 발이 닿은 곳에 만들어진 구덩이의 깊이도 얕아졌다.

그리고 두 거구가 부딪혔다.

꽝!

충돌음은 강력했고 엄청난 기파가 사방으로 퍼져 나갔다.

첫 격돌의 결과는 이 전투의 결과를 미리 알려 주고 있었다. 오르카 족장의 몸은 뒤로 20미터나 밀려난 것에 반해서 아틀라스는 꿈적도 하지 않았다.

상대의 오러블레이드에 실린 강력한 힘을 극복하지 못하고 뒤로 미끄러지듯 밀려나는 오르카 족장이 급하게 도끼를 던졌다. 잠깐 멈춘 것 같았던 아틀라스가 공간 이동을 하듯 빠르게 다가오고 있었기 때문이다.

꽝!

유형화된 오러의 충돌이 다시 발생했지만 무려 10미터에 이르는 오러블레이드의 궤적은 전혀 틀어지지 않았다.

뒤로 날아가는 오르카 족장은 무시무시한 속도로 자신을 향해 떨어져 내리는 거대한 오러블레이드를 눈으로 보면서도 그 어떤 것도 할 수가 없었다. 전력을 다해서 오러 액스가 생성된 도끼를 오러블레이드의 궤적을 향해 쳐드는 것이 할 수 있는 전부였다.

슈악! 싸악!

뒤로 날아가던 그 자세로 그대로 오르카 족장의 거대한 머리통이 세로로 잘렸다.

10미터에 달하는 오러블레이드는 오러액스는 물론 생체보호막까지 단숨에 베어 버린 것이다.

만약 구울로 만들 생각이 없었다면 머리부터 사타구니까지 정확하게 반으로 잘렸을 것이다.

가온의 명령에 따라 엘프 전사들에게 오르카 전사들을 맡긴 마핀 구울들은 사방으로 도망치는 오르카들을 사냥하기 시작했고 숲 곳곳에는 산 채로 먹히는 오르카들의 비명으로 가득했다.

 하지만 비명은 오래지 않아서 그쳤다. 오르카들은 전황을 지켜보다가 불리해진 순간부터 도망치기 시작했기에 멀리 가지 못했다.

 가온은 아직도 곳곳에서 엘프와 오르카, 타이탄과 오르카의 전투가 이어지는 가운데서도 늘 그렇듯 전장의 산책을 통해 엄청난 양의 에너지를 흡수한 이후 빠른 걸음으로 오르카족장이 거처했던 것으로 보이는 움집으로 향했다.

 '이곳에는 챙길 것이 좀 있을까?'

 지난 다섯 무리의 오르카 마을에는 건질 것이 거의 없었다. 놈들 중에도 제대로 된 대장장이가 있는지 잘 정련된 도끼들이 그나마 쓸 만했다.

 하지만 실망하기에는 일렀다. 모둔이 안내해 주는 대로 움직인 끝에 보물을 찾은 것이다.

 "오오!"

 족장의 거처 지하에서 발견한 상자를 살펴본 가온이 드물게 환하게 웃었다. 등급 외부터 상급, 중급, 중급에 이르는 다양한 등급의 마정석이 열 상자나 있었기 때문이다.

 세어 보니 상급만 무려 1천 개가 넘었다. 꼭 필요했던 마정석이기에 기쁨은 더욱 컸다.

상자는 10개가 더 있었는데 그 안에는 마정석 가루들이 가득했다.

'이건 역사가 얼마나 오래되었는지 모르겠지만 죽은 오르카들이 남긴 것들이겠군.'

마정석을 품은 생물이 죽게 되면 체내의 마정석은 고스란히 남지만 빨리 적출하지 않으면 그 안에 담긴 마나의 양은 대폭 줄어든다. 죽음과 동시에 대기 중으로 방출되는 것이다.

가온은 그렇게 방출되는 마나가 사기라고 생각했다. 죽는 순간 마나의 일부가 성질이 바뀌어 체외로 방출된다고 이해하고 있었다. 그리고 그는 그 사기를 파워 드레인 스킬로 흡수하는 것이고.

하지만 달리 상급이 아니다. 그렇게 비어 버린 마정석은 시간이 흐르면 자연스럽게 마나가 채워져서 제대로 된 상급 마정석으로 활용할 수 있었는데 이곳에서 발견한 상급 마정석은 대부분 완충된 상태였다.

'이것으로 타이탄을 여유 있게 운용할 수 있게 되었어!'

모둔의 능력까지 사용하면 적어도 한 번에 100기까지는 더 운용할 수 있게 된 것이다.

가루의 경우 주술의 재료로 사용했을 가능성이 아주 높았다. 가온도 이 마정석 가루를 벼리와 파넬이 필요하다는 사실을 깨닫고 기뻐하는 것이다.

가온이 당부한 대로 사람들 앞에 나타나지 않고 있다가 오르카 족장의 거처에 들어와서야 모습을 드러낸 모둔은 기뻐하는 가온을 보며 흐뭇한 미소를 지었다.

차원석은 상자가 있는 방 안쪽에 숨겨진 작은 공간에 놓여 있었다.

차원석을 챙기는 순간 기다렸던 홀로그램이 떴다.

"하하하! 역시 던전이 최고다!"

얼마나 기뻤는지 그답지 않게 제자리에서 펄쩍 뛰는 가온의 입에서 드문 대소(大笑)가 터져 나왔다.

—A등급의 대형 던전을 성공적으로 공략하셨습니다. 보상으로 스킬과 아이템을 획득합니다! 레벨이 7 상승합니다! 100만 명예 포인트를 획득합니다!

—오르카 보스를 사냥하셨습니다. 보상으로 아이템을 획득합니다! 레벨이 3 상승합니다!

—최상급 몬스터인 오르카 무리를 완전히 박멸했습니다. 보상으로 특성을 선택할 수 있습니다. 아이템을 획득합니다.

—7일 후에 던전이 완전히 소멸합니다!

지난번에 소형 던전을 공략해서 레벨이 3 상승했는데 이번에 10을 더해서 총 13레벨이나 올린 것이다.

상태창을 확인해 보니 레벨이 드디어 600을 넘겨 무려 603이 되었다.

물론 레벨이 실력을 전부 대변하는 것은 아니지만 오랫동안 변할 기미가 없었던 100단위의 숫자가 바뀐 것은 가온에게 의미가 컸다.

꾸준하게 파워드레인 스킬을 썼고 이번 던전에서 사냥한 오르카의 등급이 높아서 그런지 음양기는 드디어 1천만을 넘겼으며 마력도 50만 가까이 상승한 점도 굉장한 성과였다.

스탯들도 꾸준히 상승했는데 지난번에 도서관에서 집중적으로 탐독을 해서 그런지 가장 낮은 관찰력도 이제 1천을 넘겼으며 체력은 1만 3천을 넘겨서 그야말로 괴물 수준이 되어 버렸다.

무엇보다 가온을 가장 흐뭇하게 만든 것은 명예 포인트였다. 1억 4천만이 넘는 명예 포인트를 보면 밥을 안 먹어도 배가 부를 정도였다.

그렇게 상태창을 통해 자신의 발전을 확인한 가온은 다른 보상을 차례로 확인했다.

'희한하게 칭호가 없네.'

얻기가 극히 어려운 특성과 스킬도 얻었는데 오르카를 사냥했음에도 칭호를 얻지 못했는데 아무래도 오르카가 오크와 오우거 사이에서 나온 변종이라는 점이 작용한 것 같았다.

스킬도 괜찮았다.

흑기사인 아틀라스로부터 타이탄 전용이라는 새로운 검술
을 배웠지만 철월검술보다 수준이 더 높았기에 검술의 비의
(秘意)는 아직 파악하지 못하고 형에 해당하는 초식만 익힌 상
태여서 잘됐다는 생각이 들었다.

아이템은 총 세 개였다. 하나는 희귀한 금속 합금으로 만
들어진 거대한 흑창이었는데 아틀라스 전용 무기로 사용하
면 될 것 같았다.

다른 하나는 최상급 치료 포션이었고 마지막 하나는 아공
간 주머니였는데 용량이 1천 입방미터나 되어 쓸 만했다.

'그나저나 이제 특성을 고를 수 있다고?'

레벨이 600이 넘어서 그런 것인지 아니면 특별한 보상이
라서 그런지 모르겠다.

가온은 이참에 스킬이나 아이템도 몇 개의 선택지 중에서

고르는 방식으로 보상을 받았으면 좋겠다는 생각을 하며 특성을 살폈다.

'다섯 개 중 세 개는 B등급이니 거르자. A등급이기는 하지만 만병자 특성이 있으니 검귀는 필요 없고 이게 낫겠군.'

그렇게 고른 특성은 타이탄과 관련된 것이다.

기계공학자

등급 : A
상세
－기계의 구성 요소, 시스템 실현 여부, 설계, 운영 및 성능 등에 대한 직관력과 이해력 등 지식과 관련된 사고 능력과 응용력이 크게 상승하며 기계의 고장이나 예상치 못한 문제를 파악하고 해결하는 능력을 가지게 된다.
－기계를 다루는 시간과 경험에 비례해서 능력이 높아진다.

꼭 기계공학자가 될 생각은 없지만 정비나 수리를 해 줄 자신만의 크루가 없는 가온에게는 기계공학의 총아라고 할 수도 있는 타이탄과 관련된 이 특성이 마음이 들었다.

'나중에 시간이 되면 관련 기술서들을 한번 독파해 보자.'

특성을 잘만 이용한다면 스스로 아틀라스를 정비하고 수리할 수도 있을 것이다. 솔로플레이를 지향하는 가온에게는 꼭 필요했다.

보상을 모두 챙기고 전장으로 귀환하니 엘프 전사들이 쉬고 있었다. 다들 던전 공략에 따른 보상을 받았는지 갓상점에 접속한 듯 허공을 보며 표정이 시시각각 바뀌거나 일부의 경우 손을 움직이고 있었다.

　"피해 상황은?"

　가온은 자신을 맞이하는 대전사장들을 보며 물었다.

　"사망 한 명에 팔이나 다리가 잘리거나 뜯겨 나간 중상자가 27명입니다."

　시르네아가 대표해서 대답했다.

　최상급 몬스터인 오르카와 싸우고도 그 정도의 피해라면 실로 경미한 것이지만 가온의 얼굴은 딱딱하게 굳었다. 엘프들을 자신의 권속이 아니라 가족이라고 생각하는 만큼 아무런 피해도 없길 바랐던 것이다.

　"훼손된 팔과 다리는 챙겼고?"

　"네. 일단 포션으로 응급 처치는 해 두었습니다."

　"그럼 바로 아니테라로 건너가서 아나샤의 치료를 받도록 해."

　치료에 관한 한 아나샤의 신성 치료가 가장 뛰어난 효과를 보인다. 상급 포션과 그녀의 신성 치료라면 큰 흉터나 후유증 없이 치료할 수 있을 것이다.

이번 던전 공략은 전리품 특히 상급을 포함한 마정석을 대량으로 확보했다는 점에서 큰 의의가 있었다. 따로 챙긴 것을 제외하고도 등급와 최상급만 해도 100개가 넘었고 상급은 500개 이상이었다.

　가온은 수고한 엘프 전사들을 모두 아니테라로 돌려보냈다.

　혼자 남은 가온은 바로 던전을 나가려다가 문득 생각나는 것이 있어서 모둔을 불렀다.

　"챙긴 오르카 사체들을 모두 꺼내 줘. 아! 오우거 3마리도."

　"바로 구울을 제련하시려고요?"

　"응. 소멸된 마핀 구울이 300마리가 넘으니 다시 채워야지."

　이곳에서만 100이 넘는 마핀 구울이 소멸했다. 개체의 전투력은 오르카 쪽이 훨씬 높았기 때문이다. 특히 이곳처럼 평지 지형이라서 더욱 강했다.

　마나의 소모야 문제가 되지 않았지만 지루하면서도 집중력이 필요한 제련 작업이었지만 이번에 확인했듯 구울의 활용도가 높았기 때문에 가온은 모둔의 보조를 받아 가면서 오르카 구울을 제련했다.

　'이럴 줄 알았으면 베헤모스 구울을 소환하지 말 걸 그랬네.'

　생각보다 거대화한 개체들의 사체가 많지 않았다.

결국 가온이 제련한 오르카 구울은 보스급 1마리에 베타급 타이탄과 대등하게 싸운 준보스급 42마리, 거대화한 개체인 자이언트 258마리, 마지막으로 일반급으로 1,414마리였다.

거기에 보스급인 수컷 오우거 1마리와 준보스급인 오우거 2마리가 추가되었다.

아쉬운 부분도 있었지만 베타급 타이탄에 비견되는 전투력을 지닌 40여 마리의 구울을 얻은 것은 분명한 성과였다.

가온은 그렇게 구울 제련 작업까지 마치고서야 아니테라로 건너갔다.

한편 본신의 수련은 변환점을 맞이하고 있었다.

'이제 육체 수련과 연공은 어느 정도 완성된 것 같아.'

음양신공은 물론 청뇌 명상법과 청류심법까지 연공하는 데 성공한 가온은, 세 단전을 개발하고 마나를 늘려 주는 효과를 가진 영약과 음식을 이용해서 각각의 단전에 상당한 양의 마나를 채우는 데 성공했다.

특히 엘프의 눈물은 마신 후에 제대로 된 명상을 할 정신과 육체의 피로를 풀어 줄 뿐 아니라 영력을 2천씩 늘려 주어 굉장히 큰 도움이 되었다.

이제 선택할 것은 스킬이다.

'분신인 온 훈처럼 모든 스킬을 익힐 수는 없어.'

시간이 부족했다. 그래서 익힌 스킬 중 일부를 선택해서 집중적으로 수련하기로 한 것이다.

고심 끝에 가온이 선택한 스킬은 비도술과 버프, 힐, 심안, 염력, 감정까지 모두 여섯 가지 스킬이었다.

버프와 힐은 그동안 마법을 수련했다는 증거로 보여 주는 동시에 현실에서도 쓰임새가 많을 것 같아서 선택했다.

비도술은 현실에서 검술을 제대로 사용할 수 없기에 대안으로 선택했다.

일전에 얻은 투명줄이 달린 비도는 아직은 본신이 검기를 생성할 정도의 수준이 아니기에 현실에서 주로 사용할 예정이다.

심안 스킬과 감정 스킬은 앞으로 현실에서 해야 할 일 때문에 선택했다.

특히 감정은 단순히 아이템의 등급이나 쓰임새를 파악하는 데 그치는 것이 아니라 심안과 더불어 사용하면 물체의 내부 구조나 원자 단위의 구성 요소들까지 파악할 수 있어 그렇게 결정했다.

염력은 현실에서 주로 사용할 스킬로 선택했다. 개인의 일거수일투족을 감시하는 CCTV들로부터 유일하게 자유로운 능력이며 사용하기에 따라서 굉장한 효과를 발휘할 수 있다고 생각했다.

염력을 집중적으로 수련하는 과정에서 이전에 알지 못했던 사실도 드러났다.

'영력이 염력의 위력을 강화시켜 주는 효과가 있다니.'

하긴 이해하지 못할 건 없었다.

염력 혹은 염동력은 원리 자체가 의지가 깃든 뇌파를 통해서 물질을 지배해서 초현상을 이끌어 내는 힘이기에 뇌력 혹은 영혼력과 비슷한 힘인 영력이 강력한 시너지 효과를 발생시키는 것이다.

물론 분신의 스킬처럼 높은 수준을 당장 사용할 수는 없었다. 표시는 되지 않지만 대부분의 내용이 봉인된 상태이기 때문에 F등급이라고 보면 된다.

그래도 이미 익힌 것들이니 시간과 노력만 투자하면 일정 수준까지는 빠르게 올릴 수 있다는 장점이 있었다.

마음 같아서는 아니테라의 시간 흐름을 더 빠르게 만들고 싶었지만 아니테라의 주민들을 생각하면 그럴 수는 없었다.

'주어진 환경에서 최선을 다하는 수밖에.'

가온은 그런 마음으로 수련에 매진했다.

⊰⊱

"이거, 우리가 잘하는 일인지 모르겠네."

매디는 오랜만에 동생 집에 들러서 바로가 늘어놓은 옷가지 등을 정리하다가 복잡한 표정으로 캡슐을 나온 동생의 말에 고개를 갸웃했다.

"뭐가?"

"어나더 문두스를 접는 거 말이야."

"넌 가끔씩이라도 플레이한다고 하지 않았어?"

"에이. 본격적으로 일을 시작할 텐데 그런 마음으로 도전하면 안 되지. 그래서 오늘 가지고 있던 장비와 아이템을 모두 처분했어. 미련을 남기지 않으려고."

"후훗! 그러고 나니까 헛헛하구나. 사실 나도 그렇긴 했어."

"이렇게 모든 것을 포기하고 시작하는 사업인데 잘되겠지?"

"일의 성공 여부를 떠나서 난 내가 해 보고 싶은 일을 시작한다는 생각에 가슴이 설레."

"그럼 어나더 문두스는 그런 일이 아니야? 예전에도 누나가 설레는 그 얼굴 본 것 같은데."

"흥미롭고 재미가 있었으니까. 하지만 게임은 게임이잖아."

"가만 보면 누나는 최첨단 과학 문명에서 현대를 사는 사람 같지가 않아. 어나더 문두스는 이미 또 다른 현실이라고. 그곳에서 새로운 직업을 찾고 열심히 일을 하는 사람들이 얼마나 많은지 알아?"

최근 세이뷰어 컴퍼니에서 발표한 바에 따르면 어나더 문두스에서 고정적인 직업을 가진 플레이어의 수가 1억에 육박한다고 했다.

어나더 문두스에서 사용하는 골드와 같은 화폐는 이미 암호 화폐의 지위를 넘어서 기축통화로 인정받고 있어서 플레이어의 숫자는 지금도 늘어나고 있었다.

덕분에 세이뷰어에 투자한 16개국의 경제력은 빠르게 성장했고 전 세계의 실업률은 눈에 띌 정도로 내려간 상태다. 그만큼 어나더 문두스는 많은 사람들에게 또 다른 현실이 된 것이다.

"그런데 정말 가온 형의 능력을 확인해 보지도 않고 이렇게 일을 저질러도 되는 걸까?"

사실 당연히 생각했어야 하는 문제였다. 아직 제대로 된 사업을 해 본 적이 없는 바로는 자신이 자신만만한 혈기로 이번 일에 참여하기로 결정한 것이 아닌지 지금처럼 아주 가끔 불안했다.

"온 대장님을 믿고 가온 씨를 믿으니까."

"우리 꼰대 가라사대 사업과 비지니스는 믿음으로만 하는 게 아니라고 했는데…….."

"그런 아버지의 사업도 결국은 인간에 대한 신뢰를 바탕으로 승승장구해 왔어. 우리는 젊으니까 한번 도전해 보자. 가온 씨가 품은 꿈과 의지가 너무 대단하잖아. 실패한다고 해 봐야 우리는 시간과 기회비용 정도만 잃을 뿐이잖아. 대신 성공한다면 우리는 부는 물론 엄청난 명예와 자부심을 얻을 수 있어."

선진국에서조차 돈이 없어서 제대로 치료를 받지 못하고 꼭 필요한 약을 살 수 없는 이들이 천지다. 더구나 희귀병에 효과가 있는 신약들은 의료보험의 적용도 안 되는 경우가 태반이라서 보통 사람들도 치료를 하다가 가세가 확연히 기우는 경우가 태반이다.

특히 초고령화 사회로 진입하고 결혼율과 출산율마저 급감해서 매년 인구가 줄어들고 있는 한국은 단독가구가 크게 늘어나면서 평균 가구원 수가 빠르게 감소하고 있다.

대가족이라면 한 명이 수입이 끊겨도 다른 가구원들이 어느 정도 충당할 수 있지만 소가족의 경우 가족 중 한 명이 실직을 하게 되면 가정 형편이 수직 낙하 할 수밖에 없다. 병에 걸리게 되면 더욱 상황이 악화되고 만다.

가온이 개발하고 싶다고 말한 포션은 체력 포션과 활력 포션으로, 체력 포션은 심신의 피로를 주기적으로 풀어 주어 병에 걸리지 않게 하는 효과와 더불어 치료 중에 사용하면 효과를 강화시켜 준다.

더구나 체력 포션을 장복하면 면역력이 높아져서 어지간한 병은 걸리지 않고 노화까지 늦출 수 있다고 하니 제대로 개발만 된다면 전 세계인의 건강에 엄청난 기여를 할 것이다.

하지만 헤븐힐이나 매디가 기대를 걸고 있는 쪽은 활력 포션 쪽의 효과다.

정신적인 스트레스로 인한 다양한 정신병에 시달리는 현대인들에게 정신과 마음을 안정시키는 효과가 있는 활력 포션이라면 그 부분을 크게 개선해 줄 것이다.

특히 그 어느 국가보다 경쟁이 심한 사회에서 살고 있어서 정도에 차이는 있지만 우울증이나 조울증에 시달리고 있는 수많은 한국인들에게 활력 포션은 꼭 필요했다.

무엇보다 헤븐힐과 매디가 이 사업에 동참하고 싶은 것은 이런 효과를 가진 포션들을 개발해서 다국적 제약사들을 엄청난 이윤을 챙기는 것이 아니라 최소한으로 책정해서 수많은 이들이 포션의 혜택을 볼 수 있도록 하겠다는 가온의 의지였다.

회사의 주장일 뿐 확인할 수 없는 연구 개발비를 빌미로 특허권이 만료될 때까지 그야말로 천문학적인 이윤을 챙기기에 골몰하는 다국적 거대 제약사들의 횡포는 비단 일반인들뿐 아니라 의료보험 제도를 운용하는 국가들의 재정까지 위협하고 있다.

만약 가온이 생각하는 대로 일이 진행된다면 수많은 사람들이 저렴한 가격에 포션을 구입해서 건강 수준을 유지 혹은 개선시킬 수 있을 것이다.

자신의 꿈을 당당하게 밝히던 가온의 모습을 떠올린 매디의 얼굴이 붉어졌다.

분명히 연하고 많은 시간을 같이한 것도 아닌데 그만 보면 가슴이 뛴다.

'꼭 온 대장님을 보는 것 같았지.'

하지만 가온은 어나더 문두스의 온 훈과는 달랐다. 무리를 이끄는 리더인지 아닌지에 따른 차이인지는 몰라도 온 훈은 평소에도 가까이하기 어려운 위엄을 온몸에 두르고 있는 데 반해서 가온은 굉장히 인간적이다.

게다가 인물의 차이도 있었다.

'나날이 잘생겨지는 것 같아.'

처음 만났을 때도 잘생겼다고 생각했지만 게임에 접속해서 마법만 수련해 온 가온은 볼 때마다 이전보다 잘생겨지는 것은 물론 이전에는 몰랐던 매력이 느껴졌다.

무엇보다 높은 이상과 그를 실행할 강인한 의지력이 그녀의 마음을 끌었다.

자신은 우유부단한 면이 많은 데 반해서 가온은 한번 결정하면 밀어붙이는 힘이 굉장하다고 생각했다.

무엇보다 그녀의 가슴을 설레게 하는 점은 가온이 자신을 여자로서 마음에 담은 것 같다는 사실이다.

호감을 품은 남자가 자신을 좋아해 주는데 그것보다 더 행복한 일이 있을까.

'가온이 품은 이상을 꼭 같이 이루고 싶어!'

매디는 벌써부터 가온과 함께할 시간이 너무 기대되었다.

새로운 의뢰

가온은 아니테라에서 시간을 보내고 다음 날 정오 무렵에나 던전을 나왔다. 새로 익힌 포르투 검술의 수련에 푹 빠졌기 때문이다.

던전을 나와 바로 알펜 시티로 향하려던 가온은 멀리에서 이는 흙먼지를 보고 카오스에게 정체를 알아보도록 부탁했다.

'설마 회색 늑대들은 아니겠지?'

잠시 후 카오스가 의념으로 정찰 결과를 알려 주었다.

─인간들이야.

'인간?'

─대략 300명 정도 되는 것 같아. 그리고 그 뒤로 200여 명

이 마차 수십 대와 함께 따라오고 있어.

500명이라. 설마 던전의 존재가 알려져서 공략하겠다고 찾아오는 이들일까?

그런 생각을 하고 있는데 말 몇 기가 무서운 속도로 달려왔는데 선두의 기수 얼굴이 왠지 익숙했다.

"로랑 지부장?"

맞았다. 길드 사무실에서는 푸짐하게 나온 배를 드러내는 편한 옷을 입고 있었던 그가 제대로 된 방어구를 갖춰 입고 있었기 때문이다.

"온 훈!"

순식간에 가온 앞에 도착한 로랑 지부장이 말에서 뛰어내렸다. 아주 자연스럽게 착지를 하는 모습은 그가 의족을 달고 있다는 사실을 잊게 만들었다.

"여긴 어떻게 오셨습니까?"

"어떻게 오긴, 던전이 있, 헙! 정말이네!"

이제야 던전의 게이트를 확인한 로랑의 얼굴이 굳어졌다.

"그런데 상태가 왜 이래?"

파동으로 이루어진 게이트가 불안정하게 흔들리고 있는 것을 이제야 확인한 것이다.

"설마 벌써 던전 공략을 끝낸 건가?"

"그렇습니다."

"……혼자서 말인가?"

로랑은 믿어지지 않는다는 얼굴로 물었다.

"혼자는 아닙니다."

"아! 타이탄 라이더들! 그럼 그들은?"

"조사할 것이 있어서 먼저 보냈습니다."

가온의 대답을 들었지만 뭔가 답답한지 고개를 몇 번 흔든 로랑이 함께 온 용병 몇 명을 불렀다.

"이 친구들이 우리 지부의 핵심이네. 서로 인사나 하지. 이쪽은 아니테라 시티 출신의 타이탄 라이더이자 우리 지부에서 실버패를 받고 활발하게 활동하는 온 훈이라고 하네."

"하하하. 그건 우리도 이미 알고 있습니다. 반갑소. 나는 골드급 용병이자 메이플 용병단 단장인 알폰소요."

"당신 얘기는 귀가 따가울 정도로 들었소. 골드급 용병이자 스컬 용병단을 이끌고 있는 테베요."

"베타급 타이탄 라이더라죠. 아이린이라고 해요. 블랙로즈 용병대를 이끌고 있어요."

알폰소와 테베는 50대 초반으로 보이는 거구의 장한들로 방출하는 기세로 보아서 익스퍼트 상급 실력으로 보였는데, 아이린이라는 고양이상의 여자 용병은 놀랍게도 30대 초반의 나이임에도 익스퍼트 최상급 실력을 가지고 있었다.

"안에 처리할 게 남아 있나?"

"웨어울프와 회색 늑대 사체들은 많이 남아 있습니다."

"정말 웨어울프 던전이었나?"

"그렇습니다."

잠시 고민하던 가온은 그렇게 대답했다.

'상태가 괜찮은 오르카 사체는 구울로 만들었고 나머지는 구울들이 다 먹어 치웠으니 증거가 없어.'

구울은 한번 소환할 때마다 먹이를 주어야만 손상된 부분을 스스로 복구할 수 있을 뿐 아니라 다음 소환에도 주저하지 않는 특성이 있었다.

"혹시 타이탄 라이더들과 함께 사냥을 한 것인가?"

"그렇습니다."

"혹시 몇 기를 동원했는지 알 수 있나?"

"열한 기였습니다."

"과연 그랬군."

로랑은 가온의 대답에 고개를 끄덕였다. 베타급 타이탄이 지휘하는 베타급 타이탄 열 기라면 웨어울프와 놈들이 이끄는 던전 정도는 사흘 만에 충분히 공략이 가능했다.

만약 오르카 던전임을 알았다면 로랑은 도저히 이해할 수 없었을 것이다.

"사체는 안에 그대로 두었나?"

"그렇습니다."

웨어울프는 마정석을 적출했지만 회색 늑대들은 가치가 없어서 치우지 않았다.

가온의 대답에 로랑은 이제 막 도착한 200여 명의 처리조원들을 바로 던전에 투입했다.

"서둘러! 등급이 낮아서 빨리 소멸될 수 있으니까!"

던전의 등급이 낮을수록 빨리 소멸하는 것은 상식이다. 고블린 던전의 경우 채 일주일도 되지 않아서 소멸하니 말이다.

"그런데 던전 때문에 이렇게 많은 사람을 동원한 겁니까?"

처리조원들이 던전으로 들어갔음에도 최소 100명 이상이 남았기에 궁금했다.

"시티의 의뢰를 받았네."

"의뢰요?"

"하나는 이 던전의 공략이고 다른 하나는 이 던전에서 나온 것으로 추정되는 웨어울프와 회색 늑대의 섬멸 작전의 일부를 담당해 달라는 의뢰였네. 마침 상행과 광산행에 호위 의뢰를 끝나고 돌아온 용병단들이 있어서 맡게 되었네."

"그랬군요."

"그런데 던전 공략의 증거를 내놓아야 받은 의뢰를 완수했다고 증명할 수 있는데 말이지."

차원석을 말하는 것이다.

"차원석은 쓸데가 있습니다."

"그것을 쓸데가 있다고?"

"네."

"그럼 안 되는데…… 시티로부터 던전 공략 의뢰를 받고 이미 선금까지 받았단 말이네. 그게 있어야 잔금까지 합해서 자네에게 줄 수 있네. 차원석이라는 거 마탑에서 연구용으로 구입할 뿐 아무짝에도 쓸모가 없지 않은가. 어지간하면 주게."

로랑이 난감한 얼굴로 사정을 했다.

이곳에서도 차원석의 용처를 알아내지 못한 모양이기는 한데 가온은 던전 건에 대한 보상은 아예 생각하지도 않았기에 내놓을 생각이 전혀 없었다.

하지만 거절을 하기도 전에 아이린이라는 여자 용병이 입을 열었다.

"지부장님, 제가 몇 개 가지고 있는데 그중 하나를 드릴까요? 이분도 뭔가 용처가 있는 것 같으니 난처하게 만들지 마시고요."

"그럴까. 그런데 아이린은 왜 차원석을 가지고 있는 거야?"

"우리 용병단도 그동안 던전 몇 개를 공략했잖아요. 그중 의뢰가 아닌 경우에는 마탑에 넘겨 봐야 1천 골드밖에 안 주니 기념으로 챙겨 두었지요."

"껄껄! 나도 한 개 가지고 있습니다."

"그거 어지간한 용병단은 하나 정도는 기념으로 가지고 있을 겁니다."

알폰소와 베테까지 그렇게 아이린의 말을 거들었다.

가온은 세 사람의 말을 듣고 내심 경악했다.

'차원석이 이렇게 흔하다고?'

아무리 용처를 모른다고 해도 탄 차원의 경우 차원석은 대략 10만 골드라는 어마어마한 거액에 거래가 된다. 물론 대부분은 왕국이나 마탑에서 구입을 하고.

그런데 이 아이테르 차원에서는 차원석의 가치가 상급 마정석 정도에 불과했다.

가온은 세 사람에게 1개당 5천 골드씩에 구입하겠다고 제안을 하려고 했다가 떠오르는 생각이 있어 입을 다물었다.

'이곳 사람들은 아직 차원석의 가치를 모르고 있어.'

아니, 탄 차원 사람들도 차원석의 가치를 모르고 있기는 한데 이곳 사람들은 차원석의 잠재적인 가능성조차 생각하지 않는 것 같았다.

하지만 가온에게 있어 차원석의 가치는 엄청났다. 자신에게 귀속된 아니테라라는 생명의 땅을 한없이 넓힐 수 있는 힘을 가지고 있었다.

아무튼 가온이 아무 말 없이 지켜보는 가운데 아이린은 로랑에게 차원석을 넘겼는데 오르카 던전의 차원석에 비하면 크기가 작았다.

'대략 C급 던전의 차원석인가 보네.'

웨어울프와 회색 늑대만 서식하던 던전이라면 대형이기는 하지만 대략 그 정도 등급일 것이다.

아무튼 일이 잘 해결되어 다행이라고 생각했는데 일 처리는 아직 끝나지 않았다.

　로랑은 그사이에 던전을 들어갔다가 나온 일단의 인물들과 대화를 나누더니 차원석을 전해 주었고 그들은 말을 타고 시티 쪽으로 달려갔다.

　'던전 공략의 경과를 참관하기 위해 동행한 시티 측 참관인들인 모양이네.'

　그런 생각을 하고 있을 때 로랑이 돌아왔다.

　"온 훈, 차원석은 아이린이 내놓았으니 보상은 어떻게 할까?"

　"사냥을 하며 웨어울프들의 마정석은 모두 챙겼으니 선금만 제게 주십시오. 물론 길드 몫은 알아서 떼시고요."

　"하하하! 이 친구, 생긴 것처럼 일 처리도 화끈하군. 좋아. 내 선금에서는 수수료는 떼지 않지. 선금으로 받은 1만 골드를 그대로 다 주도록 하지."

　아이테르 차원에서는 의뢰의 경우 선금과 잔금이 동일하다. 즉, 선금으로 절반을 받고 일이 끝나면 나머지 절반을 받는 것이다.

　로랑의 말을 듣던 가온은 시티 측이 던전을 공략한 보상으로 겨우 2만 골드를 내걸었다는 사실을 깨닫고 깜짝 놀랐다.

　'던전을 공략하라는 거야? 말라는 거야?'

　그 정도의 보상이라면 어떤 용병 단체도 위험을 무릅쓰고 던전을 공략하려고 하지 않을 것이다.

"아이린, 나머지 잔금 1만 골드 중에서 절반을 주도록 하지. 어때?"

"5천 골드라면 적당하네요."

아이린도 만족했다. 그녀 입장에서 보면 1천 골드짜리 차원석을 주고 5천 골드를 받았으니 손도 대지 않고 코를 푼 격이었다.

"적당하긴! 내 차원석을 내놓을 걸 그랬네."

"내가 할 말이야. 부럽다, 아이린! 한턱 제대로 쏴!"

알포소와 테베가 짐짓 아깝다는 얼굴로 아이린에게 축하를 해 주었다.

"호호호. 알았어요. 시티로 귀환하면 술 한 잔씩 돌릴게요."

처음부터 느낀 것이지만 이곳 용병들은 탄 차원의 용병들과 달리 음습한 부분이 별로 없었다. 겪어 본 용병은 많지 않았지만 다들 호탕하고 시원시원한 성격에 일 처리도 나름 합리적이었다.

세 골드급 용병들에게 호감을 느낀 가온은 어차피 처리조가 나올 때까지는 함께 있어야 한다는 사실을 깨닫고 대화를 할 자리를 마련하기로 했다.

"여기까지 오셨는데 허탕을 치게 만들었습니다. 사과의 의미로 우리 아니테라 특산의 맥주를 대접하고 싶은데 괜찮겠습니까?”

"맥주? 당연히 좋지. 어차피 처리조가 나올 때까지 이곳에서 대기해야 하는데 잘됐군.”

술 얘기가 나오자 당장 로랑부터 얼굴이 밝아졌다.

사람들은 곧바로 자리부터 옮겼다. 한낮의 땡볕을 피할 수 있는 그늘이 있는 숲이 근처에 있었다.

"오워어!”

"최고다!”

"세상에!”

가온이 내놓은 맥주 통은 작은 것으로만 무려 50통이나 되었다. 세 용병단은 정예만 동원했지만 총원이 300명이 넘었다. 그러니 많은 것 같아도 여섯 명에 겨우 한 통이 돌아가는 것이다.

일부는 가온이 아공간 아이템을 가지고 있다는 사실에 경악하는 눈치였지만 용병 대부분은 산더미처럼 쌓이는 맥주 통들에서 흘러나오는 달큰한 맥주 향에 광적으로 환호했다.

"잠시만요.”

가온은 얼굴이 붉게 상기되어 가까이 접근한 용병들이 맥주 통에 손을 대기 전에 아이스 마법으로 통 전체를 살짝 얼렸다.

"허억! 자네 마법 아이템도 가지고 있나? 참으로 대단하군. 자, 자, 줄을 서! 조장들만 나와! 열에 한 통씩이다!"

가온이 마검사임을 전혀 예상하지 못했기에 사용한 아이스 마법을 아이템의 결과라고 이해하면서도 경악한 낯빛을 감추지 못하던 로랑은 금방 정신을 차리고 맥주 통을 분배하기 시작했다.

"이크! 엄청 차갑군. 이거 제대로 된 맥주는 아주 오랜만에 마시겠어!"

"아니테라 시티는 맥주에 대해서 잘 알고 있군. 아주 마음에 들어!"

"잘 마시겠소!"

당장 알폰소와 테베부터 함박웃음을 지으며 맥주 통을 받아 갔고 살짝 언 통의 감각에 감탄을 금치 못했다.

그렇게 맥주 통이 분배되자 바로 술판이 벌어졌다.

"캬아! 죽인다!"

"그래! 맥주는 이렇게 시원하게 마셔야 제맛이지!"

"이렇게 맛있는 맥주는 처음이야! 늘 마시던 오줌 같은 맥주와는 맛이나 향이 천지 차이네!"

"이런 맥주는 귀족들도 마셔 본 적이 없을걸. 우리 시티의 양조장 그 어느 곳도 이런 맛과 풍미를 낼 수 없을 테니까. 아! 나도 아니테라에서 살고 싶다!"

맥주 한 모금을 목으로 넘긴 용병들은 한 명의 예외도 없이 감탄과 찬사를 늘어놓았다.

덕분에 던전을 공략할 생각에 아침부터 말을 재촉하며 달려왔다가 공략이 끝났다는 말에 낙담했던 용병들의 분위기는 단숨에 바뀌었다.

가온도 로랑과 세 용병단장과 함께 한 자리를 차지하고 맥주를 마셨다.

"대체 아니테라는 어떤 곳이기에 이렇게 환상적인 맥주를 빚어낼 수 있는 건가?"

"정말 궁금하네. 술맛 하나만으로도 우리 용병단의 활동 무대를 기꺼이 바꿀 용의가 있어."

"아니테라 시장의 후계자라는 소리를 들었는데 맞는가 보네요. 폭발시와 같은 궁술을 사용하는 것이나 베타급 타이탄도 그렇고 이렇게 많은 맥주를 아공간 아이템에 넣고 다니는 것을 보면 확실하겠어요."

가온의 입장에서는 과도하다고 느껴질 정도의 큰 반응을 보아하니 알폰소와 테베 그리고 아이린도 맥주 맛에 단단히 반한 모양이다.

가온은 아이린의 말에 자신에 대한 헛소문이 퍼졌다는 사실을 깨닫고 바로잡으려고 했지만 반응이 너무 늦었다.

"온 훈, 혹시 아니테라에 우리 길드의 새로운 지부를 개설할 생각이 없나? 만약 그렇게 된다면 내가 지부장으로 가지."

그렇게 말하는 로랑은 절반 정도는 진심이었다. 용병치고

술을 싫어하는 인간은 없지만 로랑은 자신이 애주가라고 자부하는 만큼 이렇게 맛있는 맥주가 있는 곳이라면 기꺼이 지부장으로 자리를 옮길 용의가 있었다.

다른 이유는 아니테라 시티에 대한 궁금증 때문이었다. 일부 메가시티를 제외하면 농작지가 부족해서 제대로 된 술을 주조하지 못하는 것이 현실인데, 아니테라는 이렇게 풍미가 뛰어난 맥주를 주조할 정도로 여유가 있다고 추측했기 때문이다.

"고마운 말씀이지만 너무 궁벽한 곳이기도 하고 주민 대다수가 엘프의 피를 이었거나 나가족과 같은 특이한 종족들이고, 외부 세계에 대한 관심 자체가 거의 없어서 외부와 교류를 원치 않습니다."

"그랬군. 그래서 이름조차 들어 보지 못했던 거야. 그나저나 자네가 동안에 미남인 이유가 있었군."

로랑의 말에 다른 세 용병이 고개를 끄덕였다.

미남인 가온을 엘프 혼혈이라고 생각하는 것 같았다.

가온은 오히려 그들의 반응에 더 놀랐다.

'엘프야 그렇다고 치더라도 나가족을 언급했는데 반응이 이렇다고?'

그때 그의 의아함을 풀어 주듯 아이린이 입을 열었다.

"은둔자 성향이 높은 엘프족 혼혈이나 습지 환경이 아니면 살기 힘든 나가족 혼혈들도 있다면 확실히 어떤 문제가 생기기 전까지는 보통 인간들과의 교류를 거부할 만하네요.”

다 이해한다는 듯 가온을 보며 그렇게 말하는 아이린을 보니 이 차원에는 나가족의 피를 물려받은 혼혈들도 있는 모양이다.

'하긴. 수인족들도 이질감 없이 섞여 사는 세상이니.'

다행이다. 아니테라의 전사들이 필요할 때 쓸데없이 이상한 눈길을 받지 않아도 되고 폴리모프를 위해 매직 아이템을 사용하지 않아도 되니 말이다.

가온은 이들이 자꾸 아니테라에 관심을 가지는 것이 부담스러워 화제를 돌리기로 했다.

“그런데 웨어울프와 회색 늑대의 섬멸건에 대한 의뢰는 뭡니까?”

“아! 그거. 한 잔 더 마시고 설명해 주지. 꿀꺽! 캬아! 죽인다!”

시원하게 맥주를 목으로 넘기고 트림까지 한 로랑이 만족한 얼굴로 입을 열었다.

“이 던전을 공략하면 더 이상 웨어울프와 회색 늑대 무리는 늘어나지 않을 거잖아. 그러니 던전을 공략한 후에는 시티의 모든 전력을 모아서 놈들을 포위한 후 섬멸을 하겠다는 거지.”

만약을 위해서 비축하고 있었던 전력을 모조리 동원하겠다는 얘기다.

"놈들의 위치나 분포는 파악했고요?"

"응. 마탑에서 부탑주가 직접 나섰네. 엉덩이에 쇳덩이를 달아 놓았던 고서클 마법사들이 모두 출동해서 플라잉 마법으로 놈들의 위치를 파악했지."

"그럼 숫자가 얼마나 됩니까?"

"웨어울프는 변신을 하기 전까지는 눈에 잘 안 뜨여서 회색 늑대의 숫자를 파악했는데 어림잡아도 14만 마리 정도라고 하네."

그렇다면 웨어울프의 숫자는 무려 1,400마리나 되는 것이다.

"어마어마하죠? 그래도 다행한 것은 웨어울프들이 서로 견제를 하는지 많아 봐야 400~500마리가 가장 큰 규모라서 시티 헌터국에서 내려온 지시대로만 이행하면 섬멸은 가능할 것 같아요."

중간에 끼어든 아이린의 얘기를 들은 가온은 고개를 끄덕였다. 기존 사냥 대회에 참가한 이들에 더해서 위력적인 원거리 공격이 가능한 마법사들이 합세하면 포위한 웨어울프를 사냥하는 것은 그렇게 어렵지 않을 것이다.

"지금 사냥 대회에 참가한 사람들은 총 서른두 곳에 모여 있어요. 한 곳에 적어도 열 무리에 해당하는 웨어울프가 있고요. 그런 곳은 마법사들이 텔레포트 마법진을 활용해서 지원을 간다고 해요."

"나머지 지역은 우리와 같은 용병단이나 전사단 그리고 거대 상단의 호위대들이 맡아서 정리를 하는 거지."

무슨 특별한 전략 전술이 있는 줄 알았더니 뻔한 작전이었다. 물론 드넓은 지역에 흩어져 있으며 기동력이 엄청난 웨어울프와 회색 늑대 들을 상대할 특별한 전략 전술이 나오기는 힘들지만.

"그래도 숫자가 너무 많은 거 아닙니까?"

이미 시티에서 내로라하는 강자들은 사냥 대회에 참가했거나 구출대에 소속되어 출동한 상태다. 그러니 이들처럼 의뢰를 끝마친 용병이나 거대 상단의 호위대 정도가 추가되는 것에 비해서 흩어져 있는 웨어울프의 숫자가 너무 많았다.

"시티의 호위 전사단은 물론 타이탄 전사단도 출동해서 몰이사냥을 하기로 했네. 1천여 명이나 되는 호위 전사들은 대부분 익스퍼트급이니 그쪽이 맡은 몰이 임무는 별 어려움 없이 수행할 걸세."

강자가 많기도 한 세상이다. 당연히 입문 경지가 대부분이겠지만 일개 시티에 거의 1천 명이나 되는 익스퍼트가 존재한다니.

"어디로 몬다는 겁니까?"

"시티 북서쪽에 있는 야프 협곡이네. 가장 깊은 곳은 폭이 400무에 높이는 1천 무에 달하는 협곡으로 북쪽이 막혀 있어서 한번 들어가면 입구 쪽을 제외하고는 나올 수가 없지."

그런 곳이라면 제대로 몰이를 할 경우 섬멸이라는 단어에 걸맞은 사냥을 할 수 있을 것이다.

"우리야 숫자가 적으니 그런 식으로는 토벌을 할 수가 없지. 그래서 말인데 별일이 없다면 우리와 합류해서 이번 의뢰를 함께해 주면 안 되겠나?"

당연히 거절하려고 했던 가온이 잠시 고민에 빠졌다.

'타이탄들에게 좋은 경험이 될 수도 있을 것 같은걸.'

현재 타이탄 라이더들에게는 던전에서 사냥한 경험이 전부다. 그러니 되도록 다양한 경험을 위해서는 이번 일에 합류하는 것도 나쁠 것 같지 않았다.

가온이 고민하는 모습을 본 로랑이 마치 쐐기를 박는다는 듯 그로서는 최고의 보상을 걸었다.

"만약 타이탄들을 가지고 합류한다면 보수의 절반을 자네 측에 주도록 하지."

보수가 어느 정도인지는 알 수 없지만 상당한 금액일 것만은 확실했다. 당장 세 용병 단장들이 로랑을 향해 불만의 눈길을 보내는 것만 봐도 알 수 있었다.

"돈은 큰 문제가 아닙니다. 다른 할 일이 있어서 이곳에서 오래 지체할 수가 없어서 고민하고 있습니다. 그런데 혹시 이쪽에는 몰이사냥을 할 수 있는 장소가 없습니까?"

가온은 로랑의 제안을 받아들일 마음을 굳히고 그렇게 물었다.

"협곡은 아니지만 비슷한 지형이 있기는 한데……."

가온의 말에 갑자기 눈을 빛낸 알폰소가 끼어들었다.

"이그나트 운석공을 말하는 거지?"

"아! 좋은 생각이다. 거기까지 끌고 가는 것이 어렵지 일단 안으로 밀어 넣기만 하면 제대로 사냥할 수 있겠네."

맥주 맛에 단단히 반했는지 벌써 열 잔째를 마시고 있던 테베와 아이린도 눈을 빛내며 거들었다.

"운석공이라고요?"

"연대를 추정하기 어려울 정도로 오랜 옛날 운석이 떨어져 생긴 거대한 구덩이가 있네. 이곳을 기준으로 보면 북서쪽으로 대략 3만 5천 무 정도 떨어져 있는데, 폭이 대략 2천 무에 달하고 운석공의 테두리 부분이 경사가 아주 급해서 한번 들어가면 빠져나오기가 쉽지 않지."

3만 5천 무라면 대략 40킬로미터이고 2천 무라면 2.2킬로미터에 해당한다.

"문제는 그곳으로 몰이를 하는 것인데 지금 우리 인원으로는 불가능합니다."

알폰소의 말에 로랑은 물론 테베와 아이린도 힘이 빠진 얼굴로 고개를 끄덕였다.

"알폰소의 말이 맞습니다. 우리가 맡은 지역에서 관측된 회색 늑대 무리는 대략 오십. 각 무리에 속한 회색 늑대가 100에서 400마리나 된다는 점을 생각하면 웨어울프만 해도 최소 80마리 이상입니다."

이쪽의 전투력이 높다고 해도 겨우 300명으로 그렇게 많은 무리를 몰이사냥을 하는 건 불가능했다.

물론 그중 일부는 의도한 대로 운석공으로 몰이를 할 수 있겠지만 만약 놈들이 뭉쳐서 대항하기라도 하면 오히려 이쪽이 위험해진다.

하지만 타이탄이 있다면 얘기가 달라진다. 거대한 타이탄이 나타나면 웨어울프들도 싸우기보다는 도망치는 쪽을 선택할 가능성이 아주 높았고 실제로 싸운다고 해도 유리했다.

그때 가온이 입을 열었다.

"내 휘하에 마법사들이 있습니다."

대번에 네 사람의 이목이 그에게 집중된다.

"통신기는 충분히 있겠지요?"

"당연하네."

로랑이 정신없이 대답했다.

"마법사들이 플라이 마법으로 상공에서 웨어울프 무리의 위치와 규모를 파악해서 수시로 통신기로 알려 줄 겁니다. 일단 포위망의 한쪽 끝은 운석공의 입구로 맞추어 놓고 30명 단위로 인원을 재편성해서 포위망을 짭니다."

"그럼 그 방향에 적절한 인원을 배치하면 되겠네요!"

아이린이 상기된 얼굴로 말했다.

"그렇게 포위망의 외곽에 해당하는 놈들을 안쪽으로 밀어

넣고 중간에 다시 마법사를 통한 정보를 바탕으로 부대를 적절하게 배치하면서 포위망을 좁히는 방식으로 몰이를 하는 겁니다."

"하지만 놈들이 무리를 키워서 오히려 우리 쪽을 공격할 수 있지 않나요?"

웨어울프 1마리와 회색 늑대 100여 마리 정도라면 이쪽도 어느 정도 피해를 입겠지만 충분히 몰살을 시킬 수 있다. 어쨌거나 로랑 지부장이 데리고 온 300여 명은 정예 용병이라 3명당 1명은 익스퍼트 경지이니 말이다.

하지만 웨어울프가 3마리 혹은 4마리가 된다면 회색 늑대들 때문에 이쪽이 오히려 위험해진다.

"그럴 경우를 대비해서 우리 아니테라의 타이탄 라이더들을 각 부대에 배치하겠습니다."

가온의 대답에 아이린을 포함한 용병 수뇌부의 얼굴에 떠올랐던 불안감이 사라졌다.

그들이 타이탄의 전력을 확실하게 아는 것은 아니지만 그래도 베타급 타이탄 라이더가 마나를 사용하기 시작하면 소드마스터에 해당하는 전력을 투사할 수 있다는 정도는 알고 있었다.

한 부대에 베타급 타이탄 한 기가 있다면 만약 웨어울프들이 무리를 키운다고 해도 큰 피해를 입지는 않을 것이다.

피해가 발생한다고 해도 목적은 충분히 달성할 수 있는 것이다.

"그런데 의문이 하나 있습니다. 아무리 쫓긴다고 해도 놈들이 순순히 그런 운석공으로 들어가겠습니까? 운석공의 테두리도 산처럼 높다면서요?"

이번에는 가온이 물었다.

"그건 걱정하지 말게. 무슨 일이 있었는지 모르겠지만 오래전에 운석공의 동남쪽 테두리가 무너져서 그쪽은 주위보다 낮고 편평하니까. 게다가 운석공 안쪽은 한때 주위에서 날아와 쌓인 흙들로 인해서 나무들이 숲을 이루고 있어서 일단 들어가면 운석공 전체를 알아보기도 어렵네."

"그럼 들어간 입구를 틀어막고 운석공 테두리 위까지 전력을 배치해야 하는데 이 인원으로는 무리일 것 같은데요."

"그건 걱정하지 말게. 운석공 내부에서 주위의 테두리로 올라가는 경사지는 가파르기도 하지만 개미지옥처럼 흘러내리는 부드러운 모래라 웨어울프라면 몰라도 회색 늑대들은 절대로 오르지 못하네. 일단 회색 늑대들부터 처리하고 웨어울프는 따로 팀을 만들어서 쫓으면 되네."

일단 가온의 말에 아이디어를 얻은 다섯 사람은 맥주를 마시면서 작전을 논의했다.

몰이사냥

　3시간 후 처리 조원들이 던전을 나왔는데 수레마다 벗겨 낸 회색 늑대의 가죽들이 가득 쌓여 있어 용병들을 놀라게 했다.

　가죽의 수량은 적게 잡아도 3천 장 이상으로 가온이 상당한 인원을 투입했다는 증거였기 때문이다.

　그 무렵 가온을 포함한 용병 수뇌부의 작전 회의도 끝났다.

　일단 편성부터 했다.

　용병의 숫자는 정확하게 312명.

　알펜 시티 용병 지부에서도 손꼽히는 거대 용병단 소속이라서 그런지 3분의 1가량은 익스퍼트 이상의 실력을 가지고 있었다.

그래서 웨어울프를 상대할 수 있는 전력인 익스퍼트 실력자 10명에 20명을 더해서 총 30명으로 팀을 구성했다. 총 열 개의 팀이 만들어졌다.

거기에 남는 12명으로 별동대를 구성했다.

별동대는 익스퍼트 중급 이상으로 편성해서 포위망의 외곽에서 대기를 하다가 지원 요청이 떨어지면 출동하는 임무를 맡기로 했다.

이곳에서 이그나트 운석공까지는 대략 40킬로미터 정도 떨어져 있었고 마법사들의 정찰 결과가 맞는다면 그 사이에는 웨어울프 30마리가 이끄는 열다섯 무리가 있었다.

웨어울프들을 운석공으로 몰아넣기 위해서 용병 수뇌부는 원래 원진을 형성한 후 포위망을 좁히는 방법을 실행하려고 했지만 유감스럽게도 그 작전을 수행하기에는 숫자가 부족했다.

그래서 다른 방법을 생각해 봤지만 기동력이 말을 탄 이쪽보다 더 뛰어난 웨어울프들을 운석공으로 밀어 넣을 수 있는 수는 나오지 않았다.

게다가 웨어울프가 3마리만 되어도 회색 늑대가 300마리나 되니 몰이는커녕 자칫 놈들의 먹잇감으로 전락할 수도 있었다.

"그런데 아무리 생각해도 포위망이 너무 넓습니다. 도리어 반격을 당할 가능성이 높습니다."

　알폰소의 말에 로랑과 두 용병단장은 굳은 얼굴로 고개를 끄덕였다.

　인원수를 고려해서 나름 유효한 전략은 세웠지만 실행할 전력이 너무 불안했다.

　하지만 가온이 타이탄 열 기를 추가로 더 동원하겠다고 하자 한동안 분위기가 조용해지더니 고개를 끄덕였다.

　"혹시 그중 베타급 타이탄은 몇 기나 되는지 알 수 있나?"

　뭔가 고심하던 로랑이 힘들게 말을 꺼냈다.

　"21기 모두 베타급입니다."

　"……."

　질문을 한 로랑 지부장은 물론 흥미로운 얼굴로 듣고 있던 세 용병단장의 입이 떡 벌어졌는데 잠시 후에 아이린이 마른 침을 목으로 넘기면서 물었다.

　"그, 그럼 한 조에 베타급 타이탄 두 기씩을 배치할 거란 말이죠?"

　"맞습니다."

　아이린은 아까 대화를 하다가 지레짐작으로 30명으로 구성할 한 조에 타이탄 한 기씩을 배정할 거라고 생각했었다. 그래서 수백 마리의 회색 늑대들을 상대하는 상황이 되면 대원들의 피해는 막을 수 없을 거라고 생각했는데 이렇게 되면 얘기가 달라진다.

'몰이 작전은 무조건 성공한다!'

타이탄이 두 기, 그것도 모두 베타급 타이탄이라면 웨어울프와 회색 늑대가 제아무리 많아도 충분히 상대할 수 있다. 상대하는 정도가 아니라 그야말로 몰살할 수 있는 전력인 것이다.

알폰소와 테베도 같은 생각을 했는지 희색이 되었다.

하지만 로랑이 받은 충격은 세 사람과 다른 이유에서였다.

'베타급 타이탄만 20기를 운용할 수 있는 전력을 보유하고 있다고?'

시티의 규모로 중소형에 속하는 알펜 시티가 보유한 타이탄 전력은 32기. 그중 베타급은 겨우 7기다.

그런 내용도 이 자리에 있는 이들이나 알고 있는 극비 정도였는데 상대는 베타급으로만 무려 20기를 지휘하는 신분을 가지고 있는 것이니 기함할 수밖에 없었다.

당연히 일반 전사들이야 수백 수천을 운용할 수 있는 신분일 것이 확실했다.

'절대로 함부로 대해서는 안 되겠군.'

로랑은 지금이라도 존대를 해야 할지 고민했지만 상대가 그런 대접을 받길 원하는 것 같지는 않아 보이자 일단 지금까지의 태도를 고수하기로 했다.

"어쨌거나 오늘은 푹 쉬고 내일 새벽에 움직이도록 하지."

당장 움직이기에는 시간이 늦어서 내린 결정이지만 가온

역시 추가로 완성한 타이탄 열 기에 관련된 건을 처리해야만 했다.

"그럼 저는 대원들을 찾아서 함께 밤을 보내고 내일 새벽에 합류하겠습니다."

"그래 주시게."

"맥주 잘 마셨습니다."

"마음 같아서는 저녁을 함께 먹으면서 더 얘기를 나누고 싶은데 아쉽네요."

"그런데 저 한 가지 물어볼 것이 있어요."

로랑과 알폰소 그리고 테베는 인사를 했지만 아이린은 뜬금없는 얘기를 꺼냈다.

"뭡니까?"

"혹시 알파급 타이탄을 팔아 줄 수 있나요?"

아이린의 뜬금없는 질문에 로랑은 물론 알폰소와 테베도 망연자실했지만 이내 눈빛이 강렬해졌다.

'그럴 리는 없지만 만약 판다면 용병의 위상이 대번에 몇 단계로 올라갈 수 있어! 제발!'

네 사람이 부정적인 대답을 예상하면서도 기대할 수밖에 없는 이유는 용병들에게 타이탄은 간절히 희구하지만 가질 수 없는 존재였다.

가온은 뜻밖의 질문에 잠시 당황했다.

"타이탄을 구입하겠다고요?"

"네. 돈은 충분하거든요. 30만 아니 40만까지 낼 수 있어요. 대신 제대로 된 타이탄과 예비 부품을 함께 원해요. 정말 타이탄을 구매하고 싶어서 온갖 수를 다 써 봤는데, 타이탄을 생산하는 열두 마녀 측에서는 우리와 같은 용병들에게는 절대로 안 팔거든요."

아이린의 부탁에 듣고 있던 로랑은 물론이고 알폰소와 테베도 기대감으로 인해 상기된 얼굴로 가온의 입을 주시했다.

'40만, 아니 최소로 잡아도 30만 골드라.'

돈에는 거의 구애받지 않기도 하지만 큰 관심이 없는 가온이지만 그런 그에게도 30만 골드는 상당한 거금이다.

"이쪽의 타이탄 시세는 어느 정도입니까?"

"알파를 기준으로 15만에서 20만 골드 사이로 알고 있습니다. 물론 돈을 준다고 해도 열두 마녀 측에서는 용병들에게는 팔지 않지만요."

"이미 오래전에 해당 메가시티를 손에 넣은 그들은 타이탄을 시티에만 판매합니다. 판매 수량이나 가격도 자신들이 결정하고요."

아이린의 대답과 알폰소의 첨언을 들은 가온은 먼저 이곳에서 돈을 벌어서 명예 포인트를 추가로 얻을 수 있겠다는 생각을 떠올렸다.

가온은 급하게 벼리에게 의념을 보냈다. 지금 이 시간에도 타이탄을 제작하느라고 바쁜 줄 뻔히 알고 있었지만 확인할 것이 있었다.

'벼리야, 물어볼 게 있어.'

—뭔데요, 오빠.

'혹시 알파급 타이탄도 제작이 가능해?'

—당연히 가능하죠. 설계도도 있어요. 하지만 출력이나 전투력이 너무 낮은데요.

'대량으로 팔 수 있을 것 같아서.'

—판다고요?

'응. 이 세상에서 타이탄을 생산하는 마탑들이 담합을 했는지 용병들에게는 타이탄을 안 판다고 하더라고요.'

—가격은요?

'15만에서 20만 골드 사이라고 하네.'

—그럼 당연히 팔아야죠! 알파급 타이탄의 제작 단가는 그곳을 기준으로 2만 골드도 안 된다고요!

그렇다면 이곳의 마탑들은 거의 10배에 가까운 폭리를 취하는 것이다.

'재료는 충분해?'

—그렇기는 한데 많으면 많을수록 좋잖아요. 타이탄을 팔아서 필요한 재료를 잔뜩 사들여서 타이탄을 더 생산하는 것은 어때요? 이 기회에 타이탄 라이더를 확 늘릴 수 있잖아요.

마음이 동했다. 실제로 타이탄을 동원해서 사냥을 해 본 결과는 전력이 적어도 2배 이상 상승했기 때문이다.

-하지만 샘플이 없어요.

'샘플?'

-대량으로 판매를 할 거라면 그쪽의 알파급 타이탄과 제원이 비슷해야 하잖아요. 저희가 가지고 있는 설계도대로 만들면 성능이 확 올라가지 않을까 싶어요.

생각해 보니 벼리의 말이 맞았다. 베타급만 해도 감마급에 가까우니 말이다.

'오케이. 그럼 샘플을 구한 후에 다시 얘기를 하자.'

-알겠어요. 가능하면 판매했으면 좋겠어요. 미세마법진이 많이 필요한 베타급은 아직 저와 파넬이 거들어야 만들 수 있지만 알파급은 모라이족과 새로 합류한 엘프 장인들만으로도 제작할 수 있을 것 같아요.

그렇게 되면 벼리와 파넬은 여전히 베타급 타이탄 제작에만 전념해도 된다.

'만약 그들이 만든다고 생각하면 한 기당 제작 시간은 얼마나 걸릴까?'

-생산 시설을 조금만 확충하면 이곳 시간으로 하루에 다섯 기는 생산할 수 있어요. 물론 저희가 가진 설계도 기준으로요.

그런 거라면 사실상 열화판이 될 알파급 타이탄은 제작하는 데 더 짧게 걸릴 것이다. 물론 모라이족과 엘프족의 장인들만 제작에 투입될 경우다.

벼리의 대답을 들은 가온은 문득 엘프 전사장들에게도 알파급 타이탄을 지급하는 문제를 심각하게 생각해 봤다.

베타급이 좋긴 하지만 본신의 수련이 끝나는 대로 시간의 흐름을 정상대로 되돌리면 그들의 수에 맞게 타이탄을 제작하는 데 시간이 훨씬 더 많이 걸릴 것이다.

그렇게 가온이 벼리와 의념 대화를 나누는 동안 아이린을 비롯한 네 용병은 그가 고심을 하는 것으로 여기고 긴장하고 있었다.

'정말 팔 수 있는 건가?'

'팔았으면 좋겠다!'

'만약 아니테라에서 용병들에게 알파급 타이탄을 판매한다면 용병들은 물론 길드의 지위가 상승할 수 있어!'

로랑은 비슷한 경지임에도 불구하고 용병들이 전사들에게 업신여김을 받는 이유 중 상당 부분이 타이탄의 보유 유무에 달렸다고 생각했다.

시티에서 전사를 더 중시하는 이유야 여러 개지만 그중 하나가 타이탄을 보유한 전사들이 더 위험하고 난이도가 높은 임무를 수행할 수 있기 때문이다.

만약 용병들도 타이탄을 보유할 수 있다면 용병에 대한 인식 자체가 달라질 수밖에 없을 것이다.

어쨌거나 마수와 몬스터 때문에 높은 성벽 밖으로 진출하지 못하는 현실에서 전력 상승은 대우 상승이라는 결과로 이어질 수밖에 없다.

더구나 용병들이 타이탄을 보유하게 되면 지금처럼 위험한 의뢰나 임무에서도 생존할 수 있는 확률이 크게 올라가고 더불어 보수의 수준도 높아져서 용병 업계 전체가 긍정적인 영향을 받을 것이다.

한편 벼리와 대화를 끝낸 가온은 문득 이 건이 명예 포인트를 구입하기 위한 골드의 대대적인 확보만이 아니라 자신이 원하는 마탑주와의 만남을 위한 좋은 기회가 될 수도 있겠다는 생각이 들었다.

'내가 아니테라의 이름을 내세워서 알파급 타이탄을 판매하기 시작하면 당장 담합을 한 마탑들이 난리가 날 거야.'

그들이 어떻게 나올지는 장담할 수 없었지만 용병들은 물론 더 많은 타이탄을 원하는 시티들이 몰려들 것이고 그 과정에서 자연스럽게 마탑주들과 만날 수 있는 기회가 생길 것이다.

그러니 가온의 대답은 긍정적일 수밖에 없었다.

"일단 시티와 마탑 측에 물어봐야겠지만 불가능한 건 아닙니다."

어떻게 해서든 일단 알파급 타이탄을 하나 구해야 했다. 그러면 벼리와 파넬이 적당한 수준의 열화판 타이탄을 설계하고 생산할 수 있었다.

"정말 꼭 보유하고 싶거든요. 제발 긍정적으로 생각해 주세요. 부탁드릴게요!"

가온의 대답에 아이린이 활짝 웃었고 세 용병도 주먹을 불끈 쥐었다.

대답이 기대한 것 이상으로 긍정적이었기 때문이다.

가온의 예상대로 알펜 지부의 용병들은 폴리모프를 하지 않은 엘프들이 등장해도 놀라지 않았다.

알펜 시티에도 엘프 혼혈은 존재했고 이미 가온이 산맥 깊숙한 곳에 위치한 알려지지 않은 시티 출신임을 알고 있었기 때문이다.

가온은 그들 중 네 사람을 따로 불러서 그들이 해야 할 일을 설명했다.

"라델, 주프라니, 두네르, 파르시, 부탁합니다."

네 엘프는 엘프 사회에서 무척 희귀한 마법사다. 보통 엘프는 전사이면서 정령사이며 마법사다. 물론 일반 마법이 아니라 정령 마법이나 인챈트 마법을 익히고 있는 경우가 대부분이지만 말이다.

그래서 마법만 익힌 마법사는 희귀했다. 그럼에도 그들의 경지는 인간을 기준으로 6서클에 해당해서 공중 정찰 임무는 어렵지 않게 해낼 수 있었다.

"걱정하지 마십시오."

네 마법사는 플라잉 마법을 펼쳐 둥실 허공으로 날아오르더니 금방 점으로 보일 정도로 높은 상공에서 정찰을 시작했다.

얼마 후 네 마법사는 통신기를 통해서 용병들이 맡은 시티 서쪽 지역에 퍼져 있는 회색 늑대들의 분포에 대한 정보를 전해 왔다.

"이런 빌어먹을 자식들! 우리한테 쓰레기 같은 정보를 주었어!"

로랑이 분한 얼굴로 시티 쪽을 향해 욕설을 내뱉었다.

해당 지역에 퍼져 있는 회색 늑대 무리의 숫자는 시티 측이 제공한 정보와 현격한 차이가 있었다.

서른여섯 무리나 되었고 그중 3분의 1은 200마리 이상이었다.

시티 측으로부터 받은 정보와 큰 차이가 나는 내용에 용병 수뇌부는 당황할 수밖에 없었다.

"열다섯 무리에 웨어울프는 대략 30마리라고 하지 않았습니까?"

"그거야 나중에 따지고 지금은 어쩔 수 없이 세운 계획대로 하는 수밖에 없어. 그리고 포위망을 벗어나는 놈들은 별동대가 처리하기로 했지만 숫자가 많을 경우 방치하도록 하지."

용병 수뇌부는 꽤 당황하기는 했지만 베타급 타이탄 20기의 합류를 바탕으로 얻은 자신감에 계획대로 몰이사냥을 하

예지몽으로
히든랭커

기로 하고 해당 정보를 바탕으로 10개 조의 배치와 이동로 등을 결정했다.

그렇게 착착 계획대로 일이 진행되고 있었지만 용병들의 분위기는 좋지 않았다.

"우리 전력으로 그렇게 많은 웨어울프와 회색 늑대를 운석 공까지 몰라니!"

"우리가 아무리 용병이라고 해도 그렇지 이건 너무 무리한 임무야!"

아무리 실력에 자신이 있다고 하지만 겨우 300에 불과한 자신들이 상대할 웨어울프가 대략 50여 마리에 회색 늑대도 5천 마리에 가까우니 사기가 크게 저하될 수밖에 없었다.

용병 수뇌부도 그 점을 잘 알고 있었지만 보상 수준을 높이는 것 정도로는 사기를 높일 수 없어서 골치가 아팠다.

그때 가온이 나섰다.

"지원할 타이탄을 보여 주면 어떨까요?"

"그거 좋은 생각이네요. 타이탄이, 그것도 베타급이 자신들과 함께한다면 사기가 다시 올라갈 거예요!"

가온은 수뇌부가 용병들에게 함께할 타이탄을 소개하겠다는 말을 전한 후 대전사장들로 하여금 타이탄을 소환하도록 했다.

반응은 가온이 예상한 대로 폭발적이었다.

나란히 선 20기의 강철 인간을 본 용병들의 얼굴은 잔뜩 상기되어 있었다.

"미친! 끝내주잖아!"

"저렇게 많은 베타급 타이탄을 보는 건 처음이야!"

"나는 베타급 타이탄을 처음 봐!"

"내가 예전에 봤던 베타급보다 훨씬 더 멋있네."

다들 황홀한 눈으로 타이탄의 모습을 쳐다보고 있었다.

그도 그럴 것이 이 세계에서 힘을 숭상하는 이들이 꾸는 궁극의 꿈은 바로 타이탄 라이더였다.

거대한 마수와 몬스터를 상대로도 전혀 꿀리지 않고 당당하게 싸울 수 있는.

타이탄들을 향해서 황홀한 눈빛을 보내는 것은 마찬가지였지만 용병 수뇌부는 타이탄들의 특별함을 발견했다.

그건 바로 타이탄 전용 아공간 카드였다.

"아니테라 시티는 벌써 타이탄 전용 아공간을 개발했군. 이렇게 되면 30만은 당연하고 40만은 주어야겠네."

"열두 마녀도 아직 개발하지 못한 기술까지 가지고 있다니. 타이탄 관련 기술이 굉장히 높은 모양이야."

"맞아. 타이탄의 디자인이나 도색 상태가 완전히 달라."

"베타급이 이 정도라면 알파급도 기대해 볼 수 있을 것 같아. 꼭 팔아 주었으면 좋겠다."

"만약 아니테라 측에서 알파급 타이탄을 우리 용병들에게 판다면 마탑들이 난리가 나겠군."

히든랭커

"마탑들만 그렇겠습니까? 시티들도 난리가 날 겁니다. 그 마탑들과 사이가 좋지 않은 시티들은 타이탄이 부족해서 난리잖습니까. 만약 그런 일이 벌어진다면 개발 초기부터 저희끼리 기술 교류를 하고 가격까지 담합하며 독점적인 지위를 누리던 그치들은 난리가 날 겁니다."

열두 마녀라고 불리는 마탑들은 전사들에게 타이탄을 판매하는 것이 아니다.

오직 시티에만 판매하는 것이다.

그리고 타이탄을 구입한 시티는 충성심이 담보된 소속 전사들에게만 타이탄을 대여해 주기에 용병들에게 돌아갈 타이탄이 없는 것이다.

하지만 용병들은 시티보다는 마탑들을 미워했다. 타이탄을 생산하는 마탑들이 담합해서 생산량이나 가격들을 통제하고 있다고 믿었고 많은 사례를 통해 그것이 사실로 증명되었기 때문이다.

만약 아니테라라는, 이제까지 알려지지 않은 마탑이 용병들에게도 타이탄을 판매한다면 용병의 위상은 많이 제고될 것이다.

용병이라고 해서 모두 전사들보다 실력이 낮은 것이 아니기 때문이다.

아무튼 용병들은 이번 몰이 작전이 어느 정도 성공할 거라는 확신이 들었다.

무려 20기가 되는 타이탄, 그것도 베타급이 가세했으니 웨어울프와 회색 늑대 들을 협곡으로 모는 것은 그리 어렵지 않을 것이다.

"자, 모두 맡은 곳으로 출발해!"

타이탄들이 간격을 벌리는 것을 확인한 로랑이 소리쳤다.

로랑의 지시에 말을 몰아서 맡은 구역을 달려가는 용병들은 자신들과 합류한 빼어난 외모의 타이탄 라이더에 대한 관심을 숨기지 못하고 연신 훔쳐봤다.

⚜

용병 30명에 타이탄 라이더 두 명으로 구성된 소규모 부대들이 작전 계획에 따른 위치에 완전히 도착한 후 작전이 시작되었다.

제 위치에 도착한 용병들은 말을 탄 상태로 10여 미터 간격을 유지한 채 천천히 전진하기 시작했다.

마수나 몬스터를 오랫동안 상대한 그들은 전방을 향해서 살기와 투기를 방출하는 한편 늑대들이 싫어하고 두려워하는 스밀로돈과 샤벨 타이거의 말린 변 가루를 계속 뿌렸다.

바람은 거의 없었지만 늑대의 천적이라고 할 수 있는 스밀로돈과 샤벨 타이거의 말린 변 가루의 냄새는 후각이 예민한 회색 늑대를 자극했고 원초적인 두려움을 자아냈다.

하지만 그렇다고 인간의 접근을 알아차린 웨어울프들이 처음부터 도주를 결정한 것은 아니다.

일단 숫자가 자신들에 비해 적어서 웨어울프들은 일단 간을 볼 생각이었다.

웨어울프의 명령을 받은 회색 늑대들이 나무 뒤편이나 긴 풀 속에 은신했다.

인간들을 급습하려는 것이다.

하지만 하늘에는 놈들의 움직임을 살피고 있는 마법사들이 있어 해당 정보를 통신기를 통해서 전달했다.

매복한 회색 늑대와 적당한 거리까지 접근했을 때 타이탄 한 기가 소환되었다.

쿵! 쿵! 쿵!

지축을 흔들면서 자신들을 향해 천천히 걸어오는 거대한 타이탄을 본 웨어울프는 아예 싸울 엄두도 내지 못했다. 키가 무려 7미터에 달하는 타이탄이 풍기는 기세는 놈에게 짙은 죽음의 향기와 같았다.

놈이 도망치기 시작하자 놈들을 따라던 회색 늑대들 역시 꼬리를 말고 그 뒤를 쫓았다. 타이탄이 풍기는 기세도 무섭지만 놈들이 가장 싫어하는 쇠 냄새를 짙게 풍기고 있었기 때문이다.

용병들이 맡은 구역은 구멍이 숭숭 뚫릴 정도로 넓었고 회색 늑대가 무려 400마리나 되는 대규모 무리도 있었지만 포위망을 벗어난 웨어울프는 없었다.

이유가 있었다.

하늘에서 놈들의 움직임을 수시로 전해 주는 마법사의 활약 덕분에 타이탄 라이더들은 놈들이 도망치려는 방향을 먼저 틀어막은 것이다.

마나를 사용하는 타이탄은 놈들보다 훨씬 빨라서 포위망을 벗어나는 방향으로는 도망을 칠 엄두도 내지 못한 것이다.

사실 넓게 포위한 상태로 웨어울프와 회색 늑대 들을 한곳으로 모는 작전은 실행하기에 무리가 있었다. 아무리 타이탄이 20기에 달하고 용병이 300여 명이 있다고 해도 애초에 그들의 간격이 너무 넓었다.

하지만 그 작전을 제대로 완성해 줄 사람이 있었다.

바로 가온이다. 투명날개를 장착한 상태로 포위망을 따라 선회 비행을 하는 그는 몰이를 당하거나 반격을 하려는 놈들은 가만히 놔두었지만 밖으로 이동하려는 무리는 묵과하지 않았다.

바로 근처에 착지한 가온은 바로 베타급 타이탄을 소환했고 놀라운 기동력으로 웨어울프부터 찾아 죽였다.

보통 그런 무리에는 웨어울프가 1마리가 아니었기에 회색 늑대들이 맹공격을 했지만 놈들의 이빨과 발톱으로는 방어막에 손상을 줄 수 없었다.

오르카 던전을 공략한 보상을 받은 흑창은 물론 두 발을 포함한 전신을 무기로 그야말로 학살을 했다.

마나를 사용한 가온의 타이탄은 거체임에도 불구하고 바람처럼 빠르게 움직일 수 있었기 때문이다.

그렇게 규모가 큰 무리의 경우 가온이 직접 나섰지만 웨어울프 1마리가 이끄는 무리의 경우 직접 나설 필요가 전혀 없었다.

통신기로 대기하고 있던 별동대에게 연락을 하면 된다.

일단 양측이 부딪히면 타이탄이 없는 상태라도 별동대가 우세할 수밖에 없었다.

수는 현격하게 적지만 별동대에 소속된 용병들은 모두 익스퍼트급 강자들이었다.

더구나 그들 사이에는 검기를 능숙하게 사용하는 익스퍼트 중급 이상의 강자들이 섞여 있었다.

무기에 검기를 발현한 그들이 회색 늑대들 사이에 뛰어들어서 날뛰기 시작하고 검기까지는 아니더라도 마나로 신체와 무기를 강화한 나머지 용병들이 가세하자 회색 늑대들의 사체가 빠르게 늘어갔다.

후방에서 전황을 지켜보던 웨어울프들은 투기를 거두고 도망치는 쪽을 선택할 수밖에 없었다. 강철 인간을 앞세운 인간들의 무위가 너무 강했기 때문이다.

그렇게 웨어울프와 회색 늑대 들은 타의에 의해서 한곳으로 몰릴 수밖에 없었다.

　오후 늦은 시간, 용병들은 이그나트라는 이름을 가진 오래된 운석공 바로 아래쪽에 도착했다.

　마침내 마지막 웨어울프가 이끄는 일백여 마리의 회색 늑대들이 꼬리를 말고 운석공으로 들어갔다. 그리고 얼마 후 몰이를 주도한 용병 수뇌부가 그 입구에 도착했다.

　"하아! 드디어 다 몰아넣었네!"

　다들 지쳤지만 쉴 여유는 없었다.

　수뇌부는 용병들에게 말을 아래에 두고 운석공 테두리 위로 올라가라는 명령을 내렸다.

　운석공으로 들어간 놈들은 내부가 막혔다는 사실을 확인하고 운석공 테두리로 오르려는 놈들이 나올 것이 확실했다.

　가온은 용병 수뇌부와 함께 운석공 안쪽이 훤히 보이는 테두리 위로 올라갔는데 생각보다 경사가 높고 가팔랐다.

　고도도 지면에 비해 족히 100미터 정도는 높은 것 같았고 무너지기 쉬운 재질의 암석들이라 올라가는 것조차 쉽지 않았다.

　몇 번이나 미끄러지기를 반복한 끝에 올라간 운석공 테두리 정상에는 이미 라델 등 공중 정찰 임무를 성공적으로 수행한 네 마법사가 자리하고 있었다.

가온의 눈길이 아래를 향했다.

운석공 안쪽에는 울창한 숲이 있었다. 꽤 큰 호수도 있었고 다양한 종류의 나무들이 자라고 있었다.

'생각보다 더 넓네.'

별도의 세계처럼 독립된 생태 환경이 조성되어 있어서 그런지 굉장히 넓게 보였다.

"얼마나 들어갔습니까?"

라넬 등 엘프 마법사들에게 수고했다는 감사의 말을 전한 가온이 라넬에게 물었다.

"총 스물아홉 무리에 웨어울프는 42마리를 확인했고 회색 늑대는 5천 마리 정도로 파악했습니다."

처음 공중에서 정찰했을 때는 서른여섯 무리였는데 줄어든 것을 보니 나름 친한 무리끼리 합친 경우들이 있었던 모양이다.

거기에 회색 늑대는 5천 마리에 달하는데 파악한 웨어울프는 42마리이니 수인화를 하지 않고 무리에 숨어 있는 놈들도 몇 마리 있을 것이다.

일단 운석공 안으로 들어간 이상 문제 될 것은 없었다. 하지만 미리 짠 작전대로 병력을 배치하기에는 상황이 좀 달라졌다.

"빨리 작전대로 단원들을 운석공 테두리 위로 올려야 합니다. 경사가 높고 가팔라서 창과 석궁만으로도 놈들이 운석공 위로 오르지 못할 겁니다."

지금은 인간들의 기세에 눌려 운석공으로 들어갔지만 지능이 높은 웨어울프들은 곧 자신들이 함정 속으로 들어왔다는 사실을 알게 될 것이다.

그럼 당연히 함정을 벗어나려고 노력할 테고 그 과정에서 운석공의 경사지가 가파르고 쉽게 미끄러진다는 점도 확인하게 될 것이다.

"그보다 입구 쪽에 전력을 더 배치할 필요가 있어요. 시티의 정보와 달리 숫자가 엄청나서 한 번에 몰려나오면 뚫릴 수밖에 없어요. 일단 입구 쪽을 확실하게 틀어막고 빠져나오려는 놈들을 막는 데 집중해야 해요!"

운석공의 테두리 쪽으로 오르는 것이 어렵다고 판단하면 놈들이 취할 수 있는 행동은 한 가지다.

이제까지는 데면데면하게 지냈지만 함정을 벗어나기 위해서 힘을 합칠 것이다.

"입구만 문제가 되는 건 아니지. 회색 늑대라면 몰라도 웨어울프는 충분히 경사지를 올라올 수 있으니까. 만약 간격을 넓게 배치한다면 웨어울프에게 당하는 친구들이 많이 나올 거라고."

애초에 짠 작전은 목표를 운석공 안으로 밀어넣으면 입구를 포함해서 운석공 테두리에 절반의 전력을 배치하고 창과 석궁을 소지한 나머지 절반이 내부로 진입해서 사냥을 하는 것이었다.

하지만 지금은 사냥감의 숫자가 너무 많았다. 게다가 안쪽은 숲이 울창해서 이동에도 어려움이 많았다. 웨어울프만 해도 50마리에 달한다.

게다가 회색 늑대는 마수는 아니지만 오러로 몸과 무기를 강화할 수 있는 전사라도 쉽게 숨통을 끊을 수 없었고 수인화한 웨어울프는 숙련된 전사, 즉 익스퍼트 중급 이상도 혼자서는 사냥할 수 없는 존재다.

용병 수뇌부의 네 명은 각각 두 명씩 의견이 갈렸다. 한쪽은 기존에 짠 작전대로 하기를 원했고, 다른 쪽은 일단 사냥감들이 운석공 밖으로 나오는 것을 막기 위해서 입구 쪽에 더 많은 전력을 배치하자고 주장했다.

사실 양측 모두 자신의 주장에 문제가 있다는 사실을 인지하고 있었다. 어느 쪽을 선택하건 상당한 피해를 감수해야만 했다.

그때 가온이 나섰다.

"사냥은 우리가 하겠습니다."

"이미 한계에 달한 것 같은데 그게 가능한가?"

네 사람이 알기로 타이탄의 가동 시간은 이미 한계에 달했다. 포위 작전을 수행하면서 이미 한 번 마정석을 교체했고 두 번째 가동 시간도 한계에 가까운 것으로 알고 있었기 때문이다.

상급 마정석이 더 있다고 해서 타이탄을 계속 운용할 수 있는 건 아니다. 타이탄을 조종하는 것은 마나는 물론 높은 수준의 체력과 심력을 소모하기 때문에 계속해서 운용할 수는 없었다.

그래서 타이탄 라이더가 연속해서 타이탄을 운용하는 것은 두 번이 한계라는 사실은 상식으로 알려졌다.

"한 번 정도는 더 가동할 수 있습니다."

"그, 그럼 스무 명으로 사냥을 하겠다는 건가요?"

"스무 명이 아닙니다. 마법사들도 있으니까요."

"그래도 그건……"

아이린은 너무 무모하다고 얘기하고 싶었지만 가온의 자신감 넘치는 눈빛을 보고 더 이상 말을 잇지 못했다.

"여러분은 일단 놈들이 운석공을 빠져나가지 못하도록 하는 데만 집중해 주십시오."

"알겠네. 그렇게 하지."

로랑은 큰 고민을 하지 않고 가온의 제안을 받아들였다.

'이렇게 자신하니 일단 지켜보자.'

그 생각이 가장 컸다.

로랑은 이 기회에 가온을 포함한 아니테라의 타이탄 라이더의 실력을 확인해 보고 싶었다.

목표를 몰이하는 과정에서는 베타급 타이탄의 활약을 제대로 보지 못했기 때문이다.

꿏꿏

가온은 먼저 네 마법사에게 시선을 맞추었다.

"여러분이 해 줄 일은 운석공 상공에서 상황을 지켜보다가 웨어울프가 보이면 즉각 내게 알려 주면 됩니다."

"그건 너무 쉽습니다. 할 일을 더 말씀해 주십시오."

인간을 기준으로 6서클 마법사에 해당하는 라델 등은 단순한 임무에 만족하지 못했다. 그들은 수많은 인챈트 마법사가 아니라 전투에 특화된 마법사였고 더블 캐스팅이 가능한 실력자들이었다.

던전화된 고향에서 언데드와 마핀을 상대로 크게 활약을 하던 마법사들은 전사들과 달리 그동안 별다른 활약을 하지 못해서 안달이 난 상태였다.

가온은 말을 한 라델뿐 아니라 다른 세 명 역시 이 정도에 만족할 수 없다는 얼굴을 하고 있는 것을 확인하고 고개를 끄덕였다.

"좋습니다. 그럼 운석공을 사분(四分)해서 가장자리 쪽에 자리를 잡은 후 우리가 진입하기 전에 화계 마법을 퍼부으십시오. 운석공의 외곽에서 내부 쪽으로 천천히 이동하면서 말입니다."

운석공 내부는 분지와 같은 지형이라 바람이 별로 없을 테지만 그건 걱정하지 않아도 된다.

'카오스, 너만 믿는다!'

─호호호. 불길을 운석공 중앙으로 움직이는 건 내게 맡겨 두라고.

항상 하는 생각이지만 카오스는 굉장히 유능했다. 만약 그녀가 없었다면 불편한 것이 한둘이 아니었을 것이다.

"그것도 쉬운 일이지만 타이탄들도 활약해야 하니 이 정도로 참겠습니다."

라렐의 대답을 들은 가온은 이번에는 시르네아 등 대전사장들에게 시선을 돌렸다.

"타이탄을 한 번 더 타야 하는데 괜찮겠나?"

"당연하지요. 훈련을 할 때는 연달아서 다섯 번까지 가동한 적도 있잖아요."

대답을 하는 시르네아도 그렇지만 다른 대전사장들도 크게 지치지 않은 얼굴이었다.

소드마스터가 달리 초인으로 불리는 게 아니다. 육체는 물론 정신력까지 인간을 초월한 능력을 가진 만큼 그 정도의 능력은 갖추었다. 가온은 그런 사실을 잘 알기에 자신 있게 나선 것이다.

"좋아. 내부로 진입하면 일단 최대한 빠르게 자신의 위치

예지몽으로
히든랭커

까지 이동해. 그리고 마법사들이 화계 마법을 퍼붓고 나면 연기가 굉장히 많이 피어오를 거야. 그러니 시각이 아닌 다른 감각으로 운석공 중앙 쪽으로 이동하면서 모조리 파괴해. 거추장스러운 나무까지 말이야."

그 전에 화재로 불타 버릴 테지만 타이탄의 동체에 새긴 미세마법진으로 발동하는 방호막이라면 열기는 별문제가 되지 않는다.

다들 화재로 인한 연기 속을 뚫어볼 수 있는 스킬이나 마법을 익히고 있어서 시야도 별문제 없이 확보할 수 있었다.

좁다면 좁고 넓다면 넓은 운석공 안에서 마침내 사냥이 시작되었다.

첫 시작은 운석공의 동서남북 네 방위의 하늘에 떠 있는 마법사들이 맺은 수인으로부터 시작되었다. 수많은 화염 덩어리들이 운석공 내부의 숲 곳곳에 떨어지기 시작한 것이다.

"미친!"

"더블 캐스팅! 마도사다!"

사실 동시에 두 가지 마법을 구현하는 것이 더블 캐스팅이지만 플라잉 마법을 펼친 상태에서 화계 마법을 발현하는 것도 쉬운 일은 아니었다. 경험이 많고 견식이 높은 용병들도 6서클인 마도사는 되어야 그게 가능하다는 사실을 알기에 경악하는 것이다.

마나가 유지되는 한 꺼지지 않는 마법의 화염은 카오스에 의해서 안쪽을 향해 빠르게 번졌고 운석공 내부의 숲은 화염에 이어 짙은 연기에 휩싸였다.

바싹 마른 풀과 나무가 아니었기에 마법으로 인한 화염의 위력은 떨어질 수밖에 없지만 카오스가 일으킨 바람으로 인해서 불길은 사그라들지 않고 더욱 커졌다.

그때 미리 운석공 안으로 들어가서 외곽에 일정한 간격을 두고 자리를 잡고 있었던 20기의 타이탄이 일제히 전방, 즉 운석공의 중심부를 향해 움직였다.

꽝! 꽝! 꽝!

그들은 검기가 깃든 거대한 검과 육중한 거체(巨體)로 앞을 가로막는 모든 것을 베고 부수기 시작했다.

살아 있는 나무라 화염 마법에도 가지와 잎 정도만 탄 나무들이 굉음과 함께 쓰러지고 바위들은 산산조각이 나 버렸다.

운석공 중심부로 향하는 화염을 따라 이동하면서 모든 것을 파괴하는 타이탄의 행보에 지켜보던 사람들은 감탄을 금치 못했다.

'회색 늑대들은 물론 웨어울프도 감히 도망칠 엄두를 내지 못하고 있어!'

불은 모든 생물에게 근원적인 공포를 안겨 준다. 더불어 열기는 실질적인 위협이고 해로운 물질이 가득한 짙은 연기는 정신의 혼란은 물론 사고를 마비시키는 위력이 있었다.

화염이나 바람이 거의 없어서 흩어지지 않는 짙은 연기로 인해 타이탄들이 지장을 받을 것 같았지만 그렇지 않았다.

놀랍게도 그들은 화염이나 연기에 아무런 지장을 받지 않았고 심지어 짙은 연기를 헤치고 밖으로 달아나려는 웨어울프나 회색 늑대들을 향해 정확하게 대검을 휘두르고 있었다.

엘프 대전사장들은 소드마스터답게 짙은 연기에도 불구하고 스킬이나 예민한 감각으로 앞으로 볼 수 있었다.

가온은 운석공을 가득 채운 짙은 연무를 이용해서 자신만의 공격을 하고 있었다.

투명날개를 장착한 상태로 날아다니면서 웨어울프들만 골라서 사냥을 하고 있었다.

놈들의 위치는 카오스 등 정령들이 알려 주었고 처리는 마나탄을 날리는 것으로 충분했다.

가장 위험한 존재인 웨어울프가 가온에게 차례로 죽임을 당하자 화염과 베타급 타이탄 스무 기는 앞을 가로막는 모든 것을 불태우고 파괴하면서 중심부로 호호탕탕하게 이동했다.

사냥이 시작된 지 채 30분도 되지 않아서 운석공 안에 살아남은 웨어울프나 회색 늑대는 1마리도 없었다.

특히 연기 때문에 후각에 큰 문제가 생긴 데다가 화염으로 인해 공황에 빠진 회색 늑대들은 도망칠 곳을 찾지 못하고 불길에 휩싸이거나 연기를 많이 흡입해서 태반이 죽었다.

그 와중에 운석공의 가장자리로 오르려고 했던 웨어울프와 일부 회색 늑대들은 곳곳에 배치된 용병들이 처리를 했지만 그 숫자가 많지 않았다.

원래 경사가 높아서 놈들이 단숨에 정상까지 오르지 못하기도 했지만 이번 몰이사냥에 나선 용병들의 실력이 뛰어났기 때문이다.

사냥을 시작한 지 1시간 정도가 지나고 운석공 내부의 불이 꺼지고 연기마저 옅어지자 사람들은 몰이사냥의 결과를 눈으로 확인할 수 있었다.

운석공 내부는 그야말로 폐허나 다름없는 모습이었다. 나무들은 모조리 부러지거나 불에 타 버렸고, 그 사이에 수많은 웨어울프와 회색 늑대의 사체들이 널려 있었다.

아직 숨이 끊어지지 않은 회색 늑대들도 있었지만 그 숫자는 채 100마리도 되지 않았다.

"이, 이렇게 쉽다고?"

다들 마찬가지지만 누군가 도저히 믿을 수 없다는 얼굴로 혼잣말을 했다.

용병들에게는 불가능해 보이는 몰이사냥의 마지막을 그렇게 스무 기의 베타급 타이탄이 마무리한 것이다.

"하아! 역시 타이탄!"

"정말 타고 싶다!"

타이탄의 가공할 전투력을 확인한 용병들은 이제 막 해치에서 빠져나오는 엘프 대전사장들에게 동경과 부러움의 시선을 보냈다.

　　　　　　　　　　　　　다음 권으로 이어집니다

꿈의 도약, 로크에서 하십시오
(주)로크미디어에서 신인 작가를 모십니다

즐거운 세상, (주)로크미디어는 꿈을 사랑하고 도전을 두려워하지 않는 작가분들의 참신한 작품을 기다리고 있습니다. 21세기 장르 문학계를 이끌어 갈 차세대 선두 주자 (주)로크미디어에서 여러분의 나래를 활짝 펴 보시길 바랍니다.

모집 분야 판타지와 무협을 포함한 장르 문학
모집 대상 아마추어 작가, 인터넷 작가
모집 기한 수시 모집

작품 접수 시 유의 사항

1. 파일명은 작가명_작품명.hwp 형식을 갖춰 주십시오.
1. 파일에 들어갈 내용은 다음과 같습니다.
   - 성명(필명인 경우 실명을 밝혀 주세요), 연락처, 이메일 주소.
   - 제목, 기획 의도.
   - A4용지 1장 분량의 등장인물 소개.
   - A4용지 2장 분량의 전체 줄거리.
   - 본문.
1. 작품이 인터넷에 연재되고 있다면, 게시판명과 사이트의 구체적이고 정확한 주소를 기재해 주십시오.

선택된 작품은 정식 계약 후 출판물로 간행되어 전국 서점에 유통됩니다.
작가분은 (주)로크미디어의 전폭적인 지원하에 전속 작가로 활동하시게 됩니다.
※ 자세한 내용은 로크미디어 홈페이지(rokmedia.com)를 참조하세요.

(04167)서울시 마포구 마포대로 45 일진빌딩 6층
(주)로크미디어 편집부 신간 기획 담당자 앞
전화 : 02)3273-5135
www.rokmedia.com   이메일 : rokmedia@empas.com

우리 교황님 좀 말려 주세요

판미손 퓨전 판타지 장편소설

비정상 교황님의
듣도 보도 못한 전도(물리) 프로젝트!

이세계의 신에게 강제로 납치(?)당한 김시우
차원 '에덴'에서 10년간 온갖 고생은 다 하고
겨우 교황이 되어 고향으로 귀환했건만……

경고! 90일 이내 목표 신도 숫자를 달성하지 못할 시
당신의 시스템이 초기화됩니다!

퀘스트를 달성하지 못하면 능력치가 도로 0이 된다고?
그 개고생, 두 번은 못 하지!

"좋은 말씀 전하러 왔습니다, 형제님^^"

※주의※ 사이비 아닙니다, 오해하지 마세요!